'ONDA DE CRIMES'

SAFRA
VERMELHA

'ONDA DE CRIMES'

Nicolás Ferraro • Cláudia Lemes • Kike Ferrari
Paula Bajer • Rodolfo Santullo • Cesar Alcázar

1ª Edição

AVEC
EDITORA

Porto Alegre
2019

Editor: Artur Vecchi
Organização: Cesar Alcázar
Tradução: Nathaly Nalerio e Andrea Kahmann (A Fronteira do Acaso / Os Pregadores), Cesar Alcázar (Teia de Aranha)
Diagramação: Bethânia Helder
Foto: "Detail of two bullet holes in car window" – LAPD, 1942. Autor desconhecido.
Revisão: Gabriela Coiradas

Dados Internacionais de catalogação na Publicação (CIP)
(Câmara Brasileira do Livro, SP, Brasil)

Onda de crimes / organizado por César Alcázar; tradução de Nathaly Nalerio. – Porto Alegre : Avec, 2019.

Vários autores.
ISBN 978-85-5447-038-8

1. Ficção policial e de mistério I. Alcázar, Cesar II. Nalerio, Nathaly

CDD 808.83

Índice para catálogo sistemático:
1.Contos : Ficção policial e de mistério 808.83

Ficha catalográfica elaborada por Ana Lucia Merege – 467/CRB7

1ª edição, 2019
Impresso no Brasil/ Printed in Brazil

AVEC Editora
Caixa Postal 7501
CEP 90430-970 – Porto Alegre – RS
contato@aveceditora.com.br
www.aveceditora.com.br
Twitter: @aveceditora
Instagram: /aveceditora
Facebook: /aveceditora

"Não existe texto inocente, o que implica em dizer que todo texto é um crime passional."

Gustavo Melo Czekster

ÍNDICE

TEIA DE ARANHA

NICOLÁS FERRARO

Telaraña - Nicolás Ferraro
Traduzido por Cesar Alcázar.

Sou a primeira a ouvi-lo.

Chega em um carro marrom, velho e amassado, o para-choque preso com arame. Algo desperta em minha mãe quando o escuta se aproximando. Não sei como, mas sabe que é ele. Acho que da mesma forma que eu, embora sem vê-la, sei o que ela vai fazer. Vai saltar da cama, olhar através das persianas o caminho de terra que leva até a casa. Vai sorrir.

— Regi, Benja — nos chama enquanto acende a luz do banheiro. Meu irmão sai do nosso quarto colocando uma camiseta. — E a tua irmã? Regina!

— Estou aqui — digo da sala. A janela tem vista para a estrada. — Tem tempo.

Ela se enfia no banheiro abotoando a calça jeans e se

penteia com a porta aberta. Dá puxões em vários nós e chumaços de cabelo vão se formando na escova como se ela estivesse esquilando. Passa pó no rosto e procura alguma outra coisa. Quando sente o ruído nos seixos da casa, tira os chinelos e calça sandálias.

— Como estou?

— Ficou bem — eu digo.

A mãe sabe como se maquiar.

Nós duas ficamos surpresas quando, ao invés de ir para os fundos, ele estaciona na frente de casa, ao lado de nosso Renault 12. No porta-malas do carro marrom, adesivos de uma família: mãe, pai, um menino e um cachorro. A mãe aperta meus ombros quando o homem desce do carro. Ele tem barba e seu cabelo chega até os ombros. Quem volta é sempre um pai diferente. Com boné e tatuagens falsas nos braços. Cabelo pintado de loiro. Com bigode. A última vez que o vimos, tinha a cabeça raspada. Não fosse pelos olhos, não teria reconhecido. Os nossos são iguais. Cor de azul profundo. Assim diz a mãe.

Ela passa vendo documentários e diz que, assim como existem peixes que só vivem em certos lugares, o mesmo se dá com as cores. Uma vez, ela assistia a um sobre as praias da Austrália, me chamou e me fez ficar ao lado da tela para comparar a cor. *É idêntico.*

Quando eu era pequena e perguntava por ele, a mãe dizia: *teu pai é um tubarão. Não consegue ficar quieto, porque quando os tubarões param de se mexer, eles morrem.*

A mãe sai e o abraça antes que ele consiga dar um passo. Por cima do ombro dela, o pai sorri. Continuam faltando os mesmos dentes. Ele olha para mim através da janela. Entro no banheiro e fecho a porta. Eu os ouço rir e entrar. O pai faz força. Com certeza levantou Benja bem alto. Abro a torneira. A mãe guarda as maquiagens em um estojo de remédios onde antes havia curativos, álcool e água oxigenada. Sigo escutando as risadas deles. Abro a água quente também. Agarro a escova, arranco os cabelos da mãe e os jogo no lixo. Vejo meus olhos no espelho. Eu me aproximo. São da mesma cor. O que tenho de mais bonito foi meu pai quem me deu. O vapor embaça o vidro e esconde meu rosto. Duas torneiras bastam para encobrir seus risos. Para o choro dela, precisaria um chuveiro. Molho a cara e saio.

Estão sentados em volta da mesa na cozinha. Benjamin chuta uma bola nova contra as paredes e a poeira dos quadros sai voando. Fotos desfocadas onde mal nos reconhecemos, mais manchas de umidade que recordações. A mãe espreme umas laranjas.

— Não me esqueci de ti — o pai diz e me passa uma Barbie falsificada sem caixa.

— Já estou grande pra essas coisas.

— Cuidado com a menininha. Fez dezesseis e já é toda mulher.

A mãe me encara com os olhos apertados e vira o pescoço apontando a boneca. Pego a boneca e sussurro um *obrigado*.

— Aprendeu a dirigir — diz a mãe, orgulhosa. — E também já sai pra dançar.

O pai olha para mim e pisca. Está com a pele mais branca do que nunca. Diz que passou os últimos meses encerrado, trabalhando em uma mina de ferro. A mãe serve o suco e pergunta se isso não é perigoso, enquanto se senta ao lado dele.

— De alguma coisa tem que se viver.

Quando se casaram, meu pai agarrou uma faca e cortou

uma aliança em cada um deles. Dizia que o ouro não era nada além de um metal e que podia ser vendido. Mas as cicatrizes duravam a vida toda. Meu pai tem as mãos cheias de cicatrizes e a menor é a do seu dedo anular. A mãe a acaricia. Ele a puxa e ela sobe em seu colo.

— Vamos — digo ao Benja, que continua chutando. Pego a bola. Ele grita e saio pela porta dos fundos. Mal saí e dou um chutão. A bola quica até cair em uma poça, lembrança da chuva na noite passada. — Joga pra lá.

Com a tinta *spray* que sobrou depois de se tingir um Renault 9 de azul, pintei um arco na parede do galpão. O sol ainda não secou a terra, e a bola embarrada vai pintando onde bate no galpão. Meu irmão tem dez anos e boa pontaria. O barulho da bola contra a chapa encobre, às vezes, o das molas da cama de minha mãe, que rangem como uma revoada de urubus. Mordo as unhas. Fico me perguntando que animal a mãe diria que eu sou. Ela fala de tubarões, mas a maior extensão de água que conhecemos é a de um charco.

Depois de um tempo, o pai aparece sem camisa e de calções curtos. Faz sinais para que eu me aproxime. Ele botou café no fogo. Seca o suor com o pano de prato.

— Não dá pra ficar aqui dentro — ele diz. — O que aconteceu com o ventilador?

— Quebrou.

Ele entra na peça que era apenas sua. Lá guardamos tudo o que está quebrado. Aquecedores. Uma luminária. Uma bicicleta com rodinhas minha. A mãe não joga nada fora. Diz que o pai pode consertar tudo, que isso é o que ela mais gosta nele. O Benja continua com a bola. No marco da porta, a mãe e o pai iam marcando nossa altura. Quando o pai se foi, ela parou de nos medir. Ele volta com o ventilador de coluna e uma caixa de ferramentas.

— E com o que você se diverte agora?

— Eu gosto de ler.

— Quer ser advogada?

Fico surpresa que não me pergunte se quero ser escritora. Acho que as únicas pessoas que leem no mundo do meu pai são os advogados. Ele arranca um fio, corta outro e os une com uma fita isolante. Liga o ventilador e as hélices começam a se mover. Meu cabelo se levanta e uma mecha grande cai sobre meu rosto como baba de diabo.

— Melhor, hein? — Ele se aproxima e me dá um abraço. — É verdade que você cresceu.

Serve uma caneca de café para mim e outra para ele. A mãe entra no chuveiro. É estranho ver a televisão apagada. Sem nada que fale do mar amarelo ou das serpentes que se alimentam de outras serpentes e confundem o próprio rabo com o de outra e acabam comendo a si mesmas. O pai continua suando e se seca com a palma da mão.

— Já tem namorado? — Ele espera. — Ou a tua mãe não deixa?

Levanto e coloco o ventilador na direção dele. A barba está tão dura que não se move.

— Você não fica bem com barba — digo.

Ele a penteia com os dedos de uma das mãos e coça a bochecha.

— E que história é essa de que você está saindo pra dançar?

— Todas saem.

— Mas nenhuma é tão linda quanto a minha menina — ele diz. — Mas te comporta. Olha que nesses lugares tem muito fala mansa e eu sou novo demais pra ser avô.

Eu me pergunto como alguém pode ser avô sem ser pai, mas fico quieta. Tenho os olhos dele, mas os lábios são de minha mãe.

Ele se aproxima e pega um livro. Abre e o estuda.

— Já leu este?

— Três vezes.

— Gostou tanto assim?

Levanto os ombros.

— Não tem muitos mais — eu digo.

— A tua mãe faz esse mesmo gesto — e o repete. — Por sorte você puxou poucas coisas dela.

O café está delicioso. Bebemos em silêncio. A bola quicando contra o galpão. A mãe cantando no chuveiro. Os goles de café. Vejo nós dois refletidos na televisão. A nossa conversa é mais distante do que qualquer documentário. O pai olha o próprio pulso e depois procura o relógio da parede: cinco e quinze.

— Quando estava vindo, passei por General Cacharí e vi uma livraria bonita. É um pouco longe, mas o que você acha de irmos comprar uns livros?

— Eu acho bom — digo e escondo o sorriso com a caneca de café.

A mãe sai e se junta a nós. O cabelo molhado pinga e forma uma sombra de água sobre o piso de madeira. O pai veste uma camiseta e pega as chaves do carro.

— Posso saber aonde vocês vão? — A mãe diz.

— É um segredo de pai e filha.

A mãe me olha com um sorriso. O pai dá um beijo nela e sai. Ele entra e fico esperando na porta de trás, mas ele abre a do acompanhante.

Pelo espelho retrovisor, vejo como a casa vai ficando pequena. O estofamento está todo rasgado e a espuma aparece em várias partes. Procuro, mas me dou conta de que não tem cinto de segurança.

— Comprei barato. Uma família morreu aqui dentro — ele diz. — Bah, o menorzinho não. Ia atrás e saiu pelo para-brisa. Caiu no asfalto. Mas os pais sim. Estavam com os cintos de segurança e isso matou eles. Uma cagada.

Passamos por alguns postos de gasolina. A maioria deles abandonada. Através da janela, entra o cheiro de ressaca da chuva, pesado, aquele ar que é difícil respirar. O pai dirige quieto, concentrado nos buracos da estrada. Toda vez que eu dirigia, sabia exatamente onde eles estavam. Nas margens, os terrenos vazios com cartazes de entrada proibida se acumulam. O olhar de meu pai podia ter um desses cartazes.

Levamos bastante tempo e alguns povoados antes de entrar em General Cacharí, os quase cem quilômetros parecem mais longos em silêncio. Uma avenida principal e poucas coisas mais. Uma igreja e, ao lado, a livraria. O pai me passa uma nota e diz para escolher o que eu quiser. Ele não sai do carro. Tem muitos livros. Não sei quais escolher. Não quero que ele fique esperando, que se zangue. Dentro de um livro encontro uma foto velha de um bebê. Eu me pergunto como ela foi parar ali. Do outro lado, tem algo escrito que não consigo entender. Levo este livro e outros dois que estavam em oferta. Ele abre o porta-luvas e não consigo ver se ele tira ou guarda alguma coisa. Pago e saio.

— Obrigada — falo e dou um beijo que acerta sua barba com cheiro de álcool.

Ele tem uma garrafinha entre as pernas. Sai com o carro e faz um balão.

— A tua mãe não gosta que eu beba em casa.

Os mosquitos vão se arrebentando contra o para-brisa. Fazem um barulho surdo, como quando caem as primeiras pedras de granizo antes de vir o temporal com tudo.

— Quer? — ele diz. — Não falo nada pra ela.

Respondo que não. O pai troca as marchas e bebe. Um golpe forte no para-brisa me faz dar um pulo. Umas pombas cagaram em cima do vidro e também no capô.

— Bichos de merda.

— Não é culpa deles — eu digo. — Eles não têm esfíncter. Não podem decidir quando cagar.

— Puta que o pariu. Eu bem que gostaria de ter essa impunidade. — Ele toma outro gole da garrafa. — Como você sabe dessas coisas?

— A mãe assiste a muitos documentários.

— Às vezes eu penso que a tua mãe está a cada dia mais perdida.

A cada dia é uma expressão estranha em sua boca. Às vezes, acho que tenho um pai bissexto, mas ele é menos previsível. Na rotatória que leva até nossa casa, ele pega outra direção.

— Tenho que ver um amigo — diz antes que eu pergunte. — É bem rapidinho.

Os livros entre minhas pernas ficam mais pesados. Tiro a foto do bebê. Tento ler o que diz atrás. Um caminhão passa pela gente com as luzes acesas. As janelas tremem e a minha desce uns centímetros. O pai xinga protegendo os olhos com o antebraço. Entramos por um caminho de terra. Não há nenhum cartaz. Nem de propriedade privada ou de coisa alguma. Só algumas paredes de casas que desmoronaram, ou nunca foram terminadas, parecendo esqueletos de animais mortos no meio do campo. No fim do caminho tem um sítio com um lampião pendurado em cima da porta. As cortinas são um par de toalhas xadrez que eram vermelhas, mas agora são laranjas por ficarem ao sol. Meu velho dá a volta e deixa o carro virado para o lugar de onde viemos.

— Merda. Era bom esse whisky — ele diz. — É melhor que você dirija na volta. Te acomoda aí que eu já volto. Vamos. Quero ver como é que a minha menina dirige.

Coloco os livros no banco de trás enquanto o pai abre o porta-malas e o fecha segundos depois. Passo para o assento do motorista e o ajusto conforme minha altura. O couro está suado e minha camiseta fica grudada. Um homem barbudo abre a porta, deixa meu pai entrar e, antes de fechar, estica o pescoço e examina o terreno. Ajusto o espelho retrovisor. Aparecem mais coisas. Tem um balanço consumido pela pastagem e, ao lado da rede, tem um saco de pancadas com o couro arrebentado. Parece que deram uns tiros nele. Da casa não saem ruídos nem vozes. Em cima de quatro tijolos de cimento tem um carro enferrujado demais para se saber qual é. Abro o porta-luvas e caem duas latas de tinta *spray*. São verdes. Pego uma delas e guardo. A outra caiu muito para baixo do banco. Começo a ouvir o murmúrio de suas línguas, um ruído distante, podia ser confundido com o correr de um rio. Ou com o rastejar de uma serpente. *Já estou parecendo a mãe,* digo para mim mesma e mordo os lábios. Tenho que me esticar para alcançar a lata de tinta *spray*. Eu me viro e olho entre os bancos. O pai está voltando para o carro e a porta da casa já está fechada. Ele para. Abre um saco de papel marrom e o examina, depois o enfia na cintura. Dou partida no motor. Ele faz um gesto para mim e não sei o que significa. Ele se vira e bate na porta novamente. O barbudo atende, com cara de surpresa, e abre os braços em cruz. O barulho do motor tapa suas vozes. Eles entram. Agora suas vozes são um rio transbordando, distorcidas pelo ronronar do carro.

Um disparo.

Dois.

Três.

Meu pai sai correndo, quase cai. Ele se endireita e acena para mim. Eu me estico e abro a porta. Grita coisas que não entendo. Ligo as luzes. Não sei se querendo ou não. Não sei para onde olhar. Pelo espelho, vejo que o barbudo aparece na porta da casa, se apoia contra o marco para não cair, um braço cheio de sangue. No outro, uma pistola. Aponta para nós. Um tiro estilhaça o para-brisa traseiro, a bala sai pelo dianteiro e desenha um vulcão de cristal bem no meio dele. O pai se detém antes de entrar e atira nele. O balaço empurra o barbudo para dentro.

— Tira a gente daqui, menina, tira a gente daqui! — diz ele, e eu arranco antes que ele feche a porta.

O saco marrom cai da cintura dele e acaba no piso. Aperto o acelerador. O ruído das pedras no caminho de terra. A corrente de vento que entra pelo buraco de bala descabela meu velho que, inclinado entre os assentos, olha o que deixamos para trás. Depois fica olhando os restos do entardecer no espelho retrovisor. Chegamos ao asfalto, meus dedos brancos e contraídos apertando o volante.

— Não vai tão rápido — ele diz. — Te acalma.

Ele aproxima suas mãos e para a centímetros das minhas. Ficam ali, no ar, como se ele não soubesse o que fazer. Ele acende um cigarro, levanta o saco de papel, o examina e coloca entre suas pernas, ao lado do revólver. Quando sorri, a cinza cai. Ele vai jogando as cinzas no piso. Em algum momento, anoiteceu. Sinto uma comichão na testa por causa do suor.

— Para aqui — ele diz. — Ei, para, para — e bate no porta-luvas.

Estaciono no acostamento pouco antes da mureta que protege um riacho. Não chego a ler o nome. E tampouco o reconheço. Não sei a quantos quilômetros estamos de casa. Longe, penso. Ele desce. Ouço a água mais do que a vejo, é um brilho como papel-alumínio se movendo lá para baixo. O pai joga longe algo que, vendo apenas o saco no assento do acompanhante, imagino ser o revólver. Não consigo distinguir o que é o volume no saco. Melhor. Ele bate na janela e dou um pulo.

— Calma — ele abre a porta. — Eu dirijo agora.

Dou a volta no carro e, quando entro de novo, não há mais sinal do saco. A noite termina de encobrir o que restava de entardecer e não se vê mais onde a estrada termina.

— O que você fez? — digo.

— Eu não fiz nada, linda. Seja lá o que tenha acontecido, foi ele que fez a si mesmo.

Vamos tão rápido que a paisagem é uma mancha anuviada. O cheiro de orvalho entra pelos buracos nos para-brisas. O pai assobia uma canção, não me parece estranha, mas não sei qual é. Acho que a mãe cantarola isso. Às vezes, canta uns versos em voz baixa, palavras soltas, como algo que precisa repetir para não esquecer de vez. Vejo os dois dançando, a cabeça dela em seu ombro. Faz tempo. Não estávamos lá. Pessoas dançando em um eco.

— Você se saiu bem — ele diz e volta a me oferecer a garrafinha.

Não respondo. Apoio a cabeça contra a janela. Minha respiração embaça o vidro e meu reflexo desaparece.

Quando chegamos em casa, a mãe nos espera na varanda. Está com um vestido que usa só para ele, os lábios pintados, o cabelo preso em um coque e tem um copo na mão. Seu sorriso se desmancha quando vê o para-brisa e não paramos. O pai deixa o carro no galpão. Desço e cruzo com ela no caminho.

— O que aconteceu, Regi? Tudo bem? Regina!

Também não respondo nada a ela.

Meu velho sai do carro com uma sacola cheia de latas de tinta *spray*. Ele tem outros planos para a noite da mãe.

Horas mais tarde, ela vai voltar com as mãos pintadas de verde e com o lábio vermelho arroxeado, seco, como se sua boca fosse um hematoma feito de silêncios, e ele, não muito mais tarde, vai embora em um carro com pintura fresca e um pedaço de papelão tapando o buraco de bala como se fosse um curativo gigante.

Nós duas vamos ficar lá assistindo ele se distanciar com o vidro trincado. A mãe vai dizer que parece a teia de uma aranha africana.

Eu vou pensar que não existe teia de aranha maior nem mais forte que a família.

O ESTRANHO

CLÁUDIA LEMES

— *Você encontrou o quê?*

A voz saiu cortada pela interferência tão comum dos telefones públicos. Era rouca, doce, e trazia em cada sílaba a promessa dos beijos que viriam quando se encontrassem.

Ele repetiu, mais devagar, apertando a mão no receptor oleoso:

— Um bilhete de uma loja de penhores.

— *Mas por que eu deveria me importar?*

Ele sorriu ao reconhecer a típica indelicadeza que era intrínseca ao charme de Violeta. Limpou o suor onde a testa encontrava a borda do chapéu; em poucas horas a teria nos braços. Ouviu na linha o choro ressentido do filho recém-nascido que ele conheceria naquela mesma noite. A garganta sentiu um nó que anunciava um choro de gratidão e felicidade, mas ele o engoliu e decidiu explicar para a esposa o que lhe acontecera apenas alguns minutos antes:

— Estava tomando um café aqui na estação e encontrei o bilhete. A descrição do objeto e o valor estão borrados de café e não consigo saber o que é, mas vejo que o valor tem quatro dígitos.

O chiado agressivo de um trem partindo foi poderoso o suficiente para que ele não ouvisse a resposta. Decidiu cortar a conversa pela metade:

— A gente se vê à noite. Meu trem sai às sete. Estou com saudades. Acredita em mim?

A voz pareceu ainda mais doce quando disse: — Sim, seu bobo, acredito. Eu também.

Ele estava prestes a pendurar o receptor no gancho metálico quando ouviu a advertência divertida e mandona da esposa:

— Não vá atrás dessa loja... não inventa besteira. Você é curioso demais.

— Sim, senhora. — Ele mentiu, sorrindo. Complementou com uma verdade absoluta: — Te amo.

E assim Fernando Prestes saiu da cabine telefônica, antecipando o encontro com a jovem que ele pedira em casamento dois anos antes, e de quem sentia uma saudade esmagadora quando precisava viajar a negócios. Fora um azar que o primeiro bebê do casal decidiu vir ao mundo logo no meio de uma daquelas viagens, mas Fernando não passou nem um minuto inteiro lamentando o fato; a antecipação tornaria a volta ainda melhor.

Enquanto cruzava a rua movimentada, seus pensamentos foram arrastados para o papel em seu bolso. Não a passagem do trem, e sim o tíquete da loja de penhores. Ao chegar à calçada oposta, parou e meditou. Não conhecia tão bem a cidade de Pinhal dos Santos e precisaria de ajuda se quisesse chegar ao estabelecimento. As buzinas dos carros na rua atrás de si o despertaram de seu momento de dúvida e ele procurou no cenário por um rosto que pudesse auxiliá-lo. Sentado a uma mesa do lado de fora de um boteco, havia um homem bem vestido, lendo um jornal.

Fernando lhe pediu informações. O homem explicou que o endereço procurado por ele era do outro lado da pequena cidade. Caminhando até um táxi, Fernando lembrou-se da advertência de Violeta, mas balançou a cabeça com divertimento. A esposa era daquele tipo de mulher preocupada em demasia, que sentia, pensava, analisava e falava demais. Ele se perguntara em diversas ocasiões de onde a jovem de cacheados e volumosos cabelos negros tirava energia para tanta atividade emocional. Já ele, bem, era um homem do intelecto, cuja curiosidade rendia boas histórias à mesa do jantar quando cercado de bons amigos.

No táxi, Fernando se acomodou no assento estofado e com cheiro remanescente de cigarro. Tirou do bolso o tíquete. NÚMERO 8-51. NOME estava em branco, assim como ENDEREÇO. Em DESCRIÇÃO estava o borrão de café, misturado à tinta negra da caneta, formando arabescos amplos e aquarelados que haviam deixado o papel endurecido naquele canto. VALOR: outro borrão. Ao aproximar o papel do rosto, achou ter distinguido um 8. Fernando sabia que lojas de penhores pagam dez por cento do valor do objeto, então poderia muito bem ser algo que valesse oitocentos ou mais.

Surpreendeu-se quando olhou pela janela e viu que haviam entrado num bairro pobre e decrépito. Passando por eles, no ritmo constante do carro, viu casas com tinta descascando, mulheres descabeladas banhando criancinhas nuas com o auxílio de baldes, e homens sujos papeando em esquinas. A apreensão foi como ingerir uma bebida gelada, mas ele a superou depressa, prometendo a si mesmo mais uma experiência interessante.

Quando o táxi diminuiu a velocidade, ele viu um pequeno sobrado cujo térreo fora modificado para parecer um estabelecimento comercial. A vitrine mostrava alguns aparelhos domésticos, anéis e colares, uma estola, uma espada e algumas caixas de joias. Sentindo a empolgação remexer seu estômago, Fernando pagou o motorista e desceu. Apertou o chapéu contra o peito e estudou a loja. Notou que o dia começara a escurecer e assegurou a si mesmo de que tinha tempo até o trem partir.

Ao entrar, percebeu que a fraca luz da janela banhava os objetos mais próximos e, ao mesmo tempo, evidenciava as sombras que caíam sobre os demais. O balcão tinha a tampa de vidro para mostrar relíquias solitárias deitadas numa camada de feltro vermelho.

Percebendo-se sozinho na loja, Fernando olhou em volta antes de tocar uma campainha enferrujada no balcão. Quase que de imediato, um homem barrigudo e careca saiu de trás de duas folhas de cortina escura. Caminhou com dificuldade por causa do peso, arrastando os pés e limpando o suor da testa com um lenço. - Boa tarde, meu senhor, posso ajudar?

Ele ofereceu o tíquete ao homem: — Preciso recuperar esse objeto. Minha esposa mandou buscá-lo.

O homem olhou o tíquete. Fernando fingiu naturalidade ao olhar mais uma vez para a coleção heterogênea de objetos na loja, que variavam entre pássaros empalhados, livros e velhos mosquetes.

— O que aconteceu com seu tíquete?

— Café, meu amigo. Estou com um pouco de pressa.

O homem assentiu e deu uns passos até uma caixa onde guardava canhotos. Mexeu em alguns papéis, conferiu o tíquete de Fernando, e então levantou as sobrancelhas. — Ah, sim.

Ao observar com antecipação o vendedor voltar, Fernando teve a impressão de que o homem deixava uma trilha oleosa no chão quando passava, como uma lesma. Ele colocou uma bengala sobre o vidro.

Ora, aquilo era uma deliciosa coincidência! Entre os muitos objetos que Fernando gostava de colecionar, bengalas eram sua paixão. As mais bonitas e antigas eram caríssimas, por isso a coleção ainda era bem modesta. Comprara um vaso alto de vime que colocara no canto da sala, mesmo sob os protestos pacientes da esposa. Dentro ele já contava com quatro bengalas, e aquela coisa linda diante de si agora era perfeita para ser a quinta felizarda.

Ele tocou a superfície roliça do objeto, sentindo a frieza e suavidade do mogno. O cabo era feito de marfim entalhado para formar uma cabeça de lobo. Um trabalho esplêndido, digno de ser exibido para convidados importantes.

— Certo, certo. — Com medo que o dono da loja trapaceasse, disse: — Te devo oitenta? Ela disse um valor aproximado.

Enquanto o homem verificava a metade dele do tíquete, Fernando não evitou um suspiro de alegria e orgulho.

— Ah, sim — o vendedor o interrompeu. Oitenta e sete.

Ele abriu a carteira e viu que aquilo lhe custaria praticamente todo seu dinheiro. Calculou que por aquela bengala poderia caminhar de volta até a estação em vez de pegar um táxi, e valeria a pena passar fome no trem, abdicando-se do jantar até chegar em casa. Na sua cidade, seria fácil arranjar quem o levasse até a porta de casa com a promessa do pagamento quando chegassem. Pagou o homem, recebeu algumas moedas de troco, e perguntou, antes de sair:

— Como chego até a estação de trem daqui?

— Ora, é só chamar um táxi, senhor.

— Quero caminhar um pouco.

— Nesta parte da cidade, nesse horário? Bem...o senhor deve virar à esquerda ao sair da loja e caminhar por duas quadras. Na Rua Senador Almeida, siga por uns dez quarteirões. De lá, pegue a Avenida do Condutor e siga até a estação. É uma longa caminhada.

Fernando conferiu o relógio de bolso. Quarenta minutos para pegar o trem. Conseguiria. Agradeceu e saiu da loja. O exterior mudara consideravelmente, e ele sentiu rajadas de vento penetrando-lhe o paletó. Com a bengala na mão, sorriu ao encostá-la ao chão e notou que seus passos adquiriram um balançar sutil e animado ao caminhar sobre os paralelepípedos como um dândi.

Foi depois de caminhar duas quadras e tomar a Rua Senador de Almeida que ele saiu de seu encanto com a aventura do dia e sua recompensa, e começou a ficar mais preocupado com a falta de pessoas na rua, na escuridão do céu acima, e o horário. Apertou o passo, tirando a bengala do chão e mantendo-a perpendicular ao corpo, e logo sentiu o coração bater mais depressa e o terno começar a parecer quente e pesado. Com a mão esquerda, sentiu a passagem do trem no bolso e a textura do papel o reconfortou. Logo estaria com o filho nos braços e comeria a suculenta comida da esposa enquanto contasse a história.

Foi na terceira quadra da Rua Almeida, com os paralelepípedos irregulares iluminados pela luz amarelada dos postes e o som de conversas e talheres vazando das casas, que Fernando sentiu-se sendo observado.

Parou de caminhar e virou a cabeça por cima do ombro. Uma sombra parecia ter se mexido à distância. *Estou cansado, vendo coisas que não existem. São só sombras.* Balançando a cabeça para si mesmo num gesto de repreensão, ele continuou andando e contou, ao atravessar a rua, que estava entrando no quarto bloco. Caminhou mais depressa, já sentindo uma dor pinicar o lado direito do abdome.

Alguns minutos se passaram quando teve a certeza absoluta de que estava sendo vigiado. A sensação era de calor nas suas costas e cabeça, e ele sentiu os pelos dos braços se arrepiarem. Não olhou para trás, com medo de parecer medroso. Continuou andando, desta vez perguntando-se se seria um ladrão.

Passos.

Teve certeza que eram passos atrás de si, mais próximos, mas não se virou. Apertou o passo, a bengala já pesando na mão, esticando os músculos do braço. Respirou fundo e, sentindo o coração disparado, reuniu coragem para assustar seu perseguidor. Girou o corpo de imediato para intimidá-lo, deixar claro que estava ciente da presença e intenções do outro, mas, novamente, só viu uma sombra desaparecer.

Parado, o peito ofegante, Fernando viu a rua atrás de si estender-se até a escuridão. Tudo parecia um borrão em tons de amarelo e cinza, e ele percebeu que comera muito pouco e esforçara-se demais. Tentou recuperar controle da respiração. Foi então que as sombras se moveram mais uma vez e ele percebeu que um homem saíra de um beco por um breve momento, então fora engolido por ele mais uma vez. *Eu estava certo,* pensou, alarmado. *Ele está me seguindo.*

Fernando se virou pôs-se a correr. Não sabia o que o estranho queria com ele, mas sabia que não podia ser coisa boa. Talvez fosse um ladrão comum atrás de um homem de negócios sozinho para conseguir alguns trocados, mas logo sua mente ligou os fatos e pensou que poderia ser o verdadeiro dono da bengala, sem dinheiro para recuperá-la, esperando que ela fosse retirada da segurança da loja para poder obtê-la por meios violentos. Bem, ele não tinha tempo para descobrir e não tinha intenção alguma de abrir mão da nova preciosidade.

Ouvia seus próprios sapatos batendo contra as pedras da calçada, o ar entrando e saindo de sua boca. A garganta estava gelada, a dor no lado do abdome mais intensa e os músculos da perna e braços parecendo esticados a ponto de arrebentar. Logo reconheceu o eco de passos atrás de si e não houve mais dúvidas: o estranho estava correndo até dele.

Arrebatado por uma lucidez aguda, maníaca, Fernando percebeu-se correndo como se a morte estivesse atrás. Os passos do outro ganhavam velocidade, assim como sua respiração rápida e profunda.

As casas passavam por ele, o vento cortando sua bochecha e penetrando-lhe as roupas, e o caminho diante de si tremia com sua corrida furiosa. *Este é o momento, o pensamento rasgou a esperança, posso morrer aqui, nessa rua imunda, nessa cidade medíocre, e nem ao menos saberei o porquê.*

Diante de si, viu a placa da Avenida do Condutor. *Cheguei até aqui,* ele sentiu os olhos lacrimejarem. *Estou na rua da estação.* Sem pensar, empurrou as pernas para contornar a esquina. Alguns carros passavam rápido e Fernando lembrou-se daquela parte da avenida, pois estivera ali no dia anterior. Havia ainda um longo caminho até a estação, e aquele lugar, embora mais populoso e urbano, também era notório pelos criminosos e prostitutas que ali circulavam. De qualquer forma, havia algumas pessoas na calçada e Fernando entregou-se ao cansaço, parando de correr, e apoiou as costas contra um muro. Seu perseguidor ainda estava encoberto pelas sombras e diminuíra o ritmo, caminhando em sua direção.

Por um momento, ele decidiu ficar parado. O que o homem faria se ele ficasse ali, sem demonstrar medo? O que teria coragem de fazer numa rua onde outros caminhavam?

Fernando viu uma mulher do outro lado da rua, conversando com um homem. A fumaça de cigarro flutuava no ar, e com o vento ele pôde ouvir uma risada suave. Mesmo assim estavam longe, e não pareciam ser pessoas que o ajudariam. Cansado demais para pensar em continuar correndo, ele decidiu esperar o homem se aproximar. O cansaço era tão grande que, por um instante, pensou que o risco valia a pena.

Então, mesmo na pouca luz daquela maldita avenida, ele viu o homem colocar a mão no bolso do paletó. Fernando empertigou-se, alerta. A figura do homem, magro e de cabelos claros, agora a sete metros de distância, foi encoberta pela escuridão criada por um poste sem luz. Então veio o som que fez com que Fernando tivesse um momento de paralisia. O estalo seco e absurdamente alto cortou a noite, e ele só percebeu que viera de uma arma quando ouviu os gritos estridentes da moça, alguns outros berros rápidos, e o som de pessoas fugindo e portas batendo. Fumaça agora saía do cano da arma, muito parecida com a do cigarro de alguns minutos atrás. O medo apertou o peito de Fernando, e antes que pudesse raciocinar, pôs-se a correr novamente, sentindo o corpo inteiro tomado pelo pânico.

Outro tiro cortou o mundo em dois. Sua reação natural foi encolher-se enquanto pensava *meu Deus, vou morrer, vou morrer hoje, vou morrer sem conhecer meu filho!* E o motivo agora pouco importava.

Um banho de luz logo à frente, de um poste cuja lâmpada não fora estilhaçada por bandidos, revelou a porta aberta de um armazém. O cheiro de peixe encontrou suas narinas, misturado ao odor forte de urina e lixo, mas Fernando correu para dentro, onde não havia luz alguma.

Sem enxergar, focou nos sons lá de fora. Alguém corria, se aproximava. Ele sentiu a mão suando contra a bengala. Apertando o cano de mogno, ergueu sua nova aquisição no ar e afastou um pouco as pernas. Não era um homem de confrontos físicos, mas não conseguia formular um único pensamento. Com o coração esmurrando o peito, ele engoliu e esperou.

O homem estava diante dele, investindo com agilidade e fúria, prestes a posicionar a arma para o tiro mortal. Fernando girou a bengala no ar, sentindo o impacto na cabeça do homem. Os dois foram ao chão, desequilibrados, e o peso do homem estava nele, sufocando-o. Onde estava a arma? Entre grunhidos e respirações ofegantes, Fernando percebeu que o outro era mais jovem e forte, e tinha um cheiro sintético de pinho que ele já sentira antes, mas não conseguia lembrar-se de onde. Lutou, esperando sentir uma bala penetrar-lhe a qualquer instante. Guiado pelo instinto, esticou a mão e a sentiu tocar a arma. Fechou os dedos em torno do cabo. O indicador enfiou-se no guarda-mato como se já tivesse feito aquilo antes. Com a mão trêmula virou o revólver em direção ao homem, que estava prestes a dar-lhe um soco, usou o dedão para engatilhar a arma e apertou o gatilho.

O estalo foi tão forte quanto o impacto do tiro despreparado de Fernando, que sentiu um choque nas mãos. Assim que percebeu que havia atirado, soltou um berro e esquivou-se, engatinhando para longe do homem, que caiu de cara contra o chão quase sem emitir som. Fernando tentou enxergar, mas na escuridão do armazém só conseguiu distinguir que o outro não se mexia mais. Ele largou a arma e ouviu o som de metal contra o concreto.

Correu antes de tomar uma decisão. Correu como nunca correra, sem sentir mais nenhuma espécie de impedimento físico. Não viu a rua, não viu pessoas, não formulou pensamento. Havia apenas uma coisa em sua mente: o trem para casa. Seu lar. Sua esposa. Seu filho. Os músculos da coxa ardiam, o peito gelado queria parar, queria ceder. Quando Fernando conseguiu distinguir uma emoção, foi alívio ao perceber que estava na estação de trem. O bilheteiro já estava de costas, subindo os degraus.

— Espere! — berrou.

O bilheteiro virou o rosto e desceu um degrau, a mão enluvada estendida. Fernando entregou-lhe o bilhete e agarrou-se ao trem. Recebeu sua outra metade da passagem e entrou.

A casa era tão acolhedora que ele quase chorou ao ver sua porta de madeira. Tudo aconteceu rápido demais: ele entrou, e de repente estava na sala com papel de parede verde-escuro, as luzes amareladas manchando as dobras das cortinas, reluzindo na madeira da mesa, no piso polido. Ouviu passos apressados na escada e então viu a esposa, cujo rosto demonstrou surpresa ao vê-lo.

— Estou tão abatido assim, meu amor? — A voz dele saiu falhada. — Pague o táxi.

Viu que Violeta se moveu depressa, saindo com um farfalhar do vestido. Ele lembrou-se de ter lavado bem as mãos no trem, de ter esfregado o paletó ensanguentado na pia do lavabo, e lembrou-se da mais estranha das sensações ao constatar que, de alguma forma, a bengala ainda estava em sua mão. Não se lembrava de tê-la recuperado depois do tiro, mas tudo era possível. Tudo era um borrão, tudo era desconexo.

Ele removeu as roupas molhadas do sangue do homem cujo nome não sabia. Sentou-se, apenas de calças, no sofá, mal acreditando estar salvo. Lembrou-se da decisão que tomara no trem: ninguém deveria saber, fora Violeta. Nem a polícia. Nunca descobririam que ele fora responsável pela morte daquele homem. Seus negócios e sua família não sofreriam e tudo, eventualmente, voltaria ao normal. Agira em defesa própria.

A figura esguia da esposa, com a barriga ainda um pouco saliente depois do parto, parou diante dele. Os cabelos negros soltos na altura da cintura, os enormes olhos escuros. Ela olhava para ele com uma expressão de confusão e medo.

Fernando pegou a mão dela. Escolhendo as palavras com calma, contou para a esposa o que havia se passado nas últimas horas. Confessou o assassinato. Apontou para as roupas e ergueu a bengala com a mão esquerda. — Veja o cabo... — ele falou, entre lágrimas — ainda tem o sangue do maldito, alguns de seus cabelos! Fiquei sozinho no trem, tentei me livrar de todas essas provas horríveis de um crime que nunca quis cometer, mas estava atordoado, só conseguia pensar em você.

Violeta engoliu em seco. Alisou o vestido. Lambeu os beiços. — Vá ver o bebê. Depois conversamos.

A voz tinha um tom tão autoritário que ele não encontrou forças para negá-la. Deixou a bengala e subiu as escadas com joelhos fracos e entrou no quarto do filho. Ah, sábia esposa. Só uma visão daquelas poderia curar Fernando daquele terrível dia. Que coisa pequena e inchada, bela e pura naquele berço que parecia grande demais.

O bebê dormia. Fernando apertou os olhos, sentindo as lágrimas sufocarem-no. Cabelos tão loiros...como quem? Ora, ele e Violeta tinham cabelos negros. Pensou nos pais, nos tios, mas não se lembrava de nenhuma pessoa com cabelos claros na família. Perguntaria pra Violeta num outro momento. Agora não queria pensar em mais nada que não fosse a criança linda que lhe dera forças para sobreviver àqueles eventos inacreditáveis.

Não soube quanto tempo ficou ali, olhando para o filho no berço. Perdeu-se na sensação de amor, de conhecê-lo verdadeiramente pela primeira vez. Chegou muitas vezes a esquecer-se dos horrores pelos quais passara.

Quando desceu, Fernando deparou-se com Violeta abrindo a porta para homens uniformizados. Policiais. Fortalecido pela visão da criança, e certo de que não havia feito nada de errado, Fernando a perdoou pela impulsividade.

Explicaria tudo com calma para o delegado. Deixou-se algemar. Olhou para Violeta esperando ver lágrimas grossas molhando os cílios enormes e escuros dela. Em vez disso, viu olhos secos. Ela entregava a bengala para os oficiais, explicava algo numa voz corrida.

— A sangue frio... — Ela fechou os olhos e colocou uma mão sobre o peito. — Quando descobriu tudo. Tenho certeza que encontrarão a vítima num armazém, perto da estação de Pinhal dos Santos.

Fernando não conseguiu dizer uma palavra sequer quando foi empurrado para dentro do carro da polícia. A boca estava seca.

Olhou para o lado esquerdo, para além da janela, e viu Violeta parada na porta da frente, emitindo um choro forçado, sendo consolada por um dos policiais de chapéu e uniforme preto. O carro tremeu quando foi ligado e com o movimento, Violeta, sua casa, e o bebê loiro foram ficando cada vez mais distantes.

Fernando sentiu o coração gelar quando percebeu que escapara da morte, mas não da cilada.

A FRONTEIRA DO ACASO

KIKE FERRARI

La Frontera del Azar - Kike Ferrari
Tradução de Andrea Kahmann e Nathaly Nalerio.

"I lived at the intersection of two worlds"
R. Macdonald

Depois, silêncio. Ponto morto. Um beco sem saída sobre a névoa do rio da Tríplice Fronteira. Linhas de fogo cruzadas em uma embarcação que se balança no meio do Paraná, separando a culpa da inocência, a realidade dos sonhos. Um final de história em que só se ouve o murmúrio das águas pardas e o grasnar dos pássaros. E ninguém é culpado. E ninguém é inocente.

Fazia doze ou treze horas que se tinham visto as caras pela primeira vez.

Isso de "ver as caras" é força de expressão.

A primeira coisa que Diego viu em Roxana foi a bunda firme e apertada no jeans azul. Redonda como uma maçã. Depois, subiu pelas costas, viu o mosquito que a picava na nuca e o coque de cabelos pretíssimos. Caetano, por sua vez, viu-a de frente ao chegar: os olhos de um verde pálido no rosto anguloso, a boca fresca e abundante, o desenho dos seios sob a jaqueta. E desviou rápido o olhar para que o desejo e a longa temporada sem mulher não o metessem numa fria.

Diego e Caetano, sim, olharam-se no rosto e cumprimentaram-se com um breve movimento de cabeça. Depois, separados por uns poucos metros e pelo mato, cada um dos três procurava a sua maneira de enfrentar os mosquitos e a ansiedade.

Roxana caminhando. Alguns passos até a margem do rio, outros de volta à sua mala. Margem, mala; margem, mala. E assim seguia. Seus dezessete anos estavam cheios de temor e de esperança. Amélia, sua melhor amiga, havia telefonado de Posadas: teria um trabalho para Roxana, se ela conseguisse atravessar para a Argentina. Não era nada para ficar rica, mas era, enfim, um trabalho. Se dividisse o aluguel e o câmbio fosse favorável, dava até para enviar alguma grana para sua mãe e seus irmãos. Mas Roxana tinha ouvido falar das redes de tráfico que sequestravam meninas em Roa Bastos, o seu povoado. Achava que a amiga não estaria metida em algo assim, até porque, no verão anterior, Amélia esteve em Roa Bastos, sozinha, falando da vida e mostrando fotos. Além do mais, essas redes costumavam usar como isca uma proposta de trabalho em um bar onde, supostamente, se ganhavam fortunas com gorjetas, e não uma obscura função de empacotadora numa produção de erva-mate. No entanto, por via das dúvidas, em sua mochila, Roxana carregava um pesado revólver que havia sido de seu pai: se a estavam esperando para fazê-la de puta, alguém acabaria com a barriga cheia de chumbo.

Caetano, por sua vez, carregava a arma como uma extensão do corpo, apertada contra a cintura. Recém-fugido da prisão, era consciente de que tudo o que ele possuía — tudo o que "os de fora" tinham conseguido para ele — era um documento falso, que não resistiria a uma análise atenta, um punhado de notas e essa Smith & Wesson de doze tiros. O braço esquerdo, mal enfaixado e pendurado ao pescoço por uma atadura, parecia estar quebrado em dois lugares. Mas Caetano resistia, calado e atento. Depois de vários anos na prisão, esperar tinha se transformado em uma segunda natureza para ele. O importante agora era chegar ao lado argentino e entrar em contato com os companheiros que o esperavam para levá-lo a Buenos Aires. A partir daí, veriam como recomeçar.

Diego também ia para Buenos Aires. Ou melhor, voltava. Depois de um ano sem conseguir trabalho, chegou ao fundo do poço e, seguindo a dica do Cacho — líder dos barras bravas do Chacarita Júniors —, vendeu a moto e investiu tudo em uma mochila cheia de *marijuana*, que, se bem fracionada e inteligentemente vendida, renderia o suficiente para tocar a vida por um tempo. Antes da viagem, porém, Cacho, por garantia, deu-lhe a Nove que tinha roubado de um policial depois de uma briga na saída do estádio.

Diego esperava recostado na mochila e mordiscando uns pastos que arrancava do chão. A Nove o incomodava entre as calças e as costas. Tirou o último cigarro de um pacote de *Camel* e o levou à boca. Procurou nos bolsos da jaqueta jeans e nos da calça algo com que acendê-lo.

— Você quer isqueiro? — perguntou Caetano.

— ¿Qué? — respondeu Diego, revistando agora a mochila.

— Você quer isqueiro? — repetiu Caetano.

— No sé, loco.

Roxana, que entendia um pouco de português, sorriu. O brasileiro tirou, então, o isqueiro de aço com as três iniciais do partido, lembrança dos companheiros chilenos, e o aproximou do cigarro apagado.

— Ah... Gracias, loco.

Tentaram conversar, apesar da enorme fronteira imposta pelo fato de Caetano só falar português e Diego não saber outro idioma além do dialeto futebol-e-rock'n'roll da periferia portenha. Mas, como não se entendiam, desistiram em seguida.

Passou uma hora, depois mais outra. O entardecer tornou-se noite e a lua trepou ao céu, dando as caras como uma notícia ruim.

— ¿Ustedes también esperan al boludo de la lancha? — perguntou Diego.

Roxana levantou os olhos e o encarou pela primeira vez. É bonitinho o *curepí*, pensou.

— Como é que é? — quis saber Caetano.

— El tipo de la lancha, tramposo...

Caetano perguntou, agora a Roxana, se ela tinha entendido.

Ela sorriu, sem responder. Mais adivinhava do que entendia as palavras do argentino. Apesar disso, e de estar no escuro, sem dinheiro, a mais de 20 km de sua casa, precisando chegar ao lado argentino, no mais tardar, no dia seguinte, e de não ter como cruzar a fronteira legalmente porque não tinha documentos, estava se divertindo.

— ¿Matute, ustedes también esperan a Matute? — Diego lembrou o nome.

— Sim — respondeu Caetano, ao reconhecer o nome do balseiro que deveria fazer a travessia a Puerto Iguazú —, mas você não deve mencionar alcunhas, rapaz.

— Ele disse para não falar nomes de pessoas — informou Roxana a Diego; e dirigindo-se a Caetano — os argentinos são assim mesmo, babacas, falam demais.

— Con o sin nombres, estamos en la misma — respondeu Diego.

Olharam-se. Caetano pegou o maço de cigarros e ofereceu. Fumaram em silêncio, os três.

— Ele não vem — decidiu Caetano, depois de um tempo.

— Añaracopeguaré — bufou Roxana, com uma palmada na perna.

— Conchaesumadre — reclamou Diego — y estos mosquitos me están matando.

— Vamos jantar, pessoal. Por minha conta — propôs Caetano.

— ¿Qué?

Roxana respondeu que era um convite para comer.

— Ah... Dale, yo pago una cerveza — ofereceu Diego, apontando o polegar para a boca.

Assim, pegaram suas coisas e subiram a pé até Ciudad del Este, em busca de um bar e de um plano B que lhes permitisse cruzar o rio.

Depois de comerem uma kyrype acompanhada de chipá e esvaziarem duas garrafas de cerveja, Diego — que ainda tinha algumas moedas e uma nota de dez — informou que estava sem nenhum centavo, que lhe restava somente a passagem do ônibus que o levaria a Buenos Aires, se de alguma forma conseguissem atravessar o rio.

— Precisamos de um bote — sentenciou Caetano.

— Un bote, ¿no? — Diego havia compreendido, e os outros dois, com o olhar, lhe deram os parabéns.

— Algum de vocês sabe conduzir uma lancha a motor? — perguntou, de repente, Roxana — Acabei de me lembrar do meu primo Obdulio. Ele tem uma lancha e pode ser que nos empreste. Mas, com certeza, não vai querer atravessar conosco.

— Por quê?

— Po-li-ci-a — respondeu Roxana, de maneira que os dois a entendessem. Em seguida, disse a Diego: — Ele, com o braço machucado, não vai poder. Tu sabes conduzir uma lancha?

— Sí, sí.

— Então, preciso de uns trocos para fazer uma ligação. Moedas... ligar... teléfono.

Caetano puxou do bolso um punhado de moedas e as depositou sobre a mesa.

— Pode deixar a mala — disse apoiando o pé sobre as coisas dela.

— Já volto.

Os dois homens ficaram a olhar a menina que se afastava. Intranquilos. Ansiosos. Muitas coisas estavam em jogo nesse telefonema. Outra cerveja. Poucos minutos depois, Roxana voltou sorridente. Acenderam cigarros. Caetano levantou a garrafa vazia para chamar o garçom.

— Às cinco da manhã — disse, em espanhol e português.

Brindaram.

— Buenísimo, sólo tenemos que ver dónde pasamos la

noche, yo tengo un montón de marijuana en la mochila — disse Diego, apressando a cerveja.

Roxana achava cada vez mais lindo aquele rapazote desesperado e desajeitado, mas o que a tranquilizava, de algum modo, era a presença do brasileiro quarentão.

Caetano não estava nem um pouco interessado em passar a noite com esses dois, um novato carregando uma mochila cheia de maconha e uma linda menina de lábios jovens e abundantes, de quem — imperativos morais da militância — não podia nem se aproximar, apesar do longo tempo sem mulher. Entretanto, quem tinha o contato da lancha era ela e o único que podia pilotar era o argentino, e, no fim das contas, ficar dando voltas por aí com esses dois seria ainda mais perigoso. Caetano precisava se recolher; estava com um braço quebrado e sem saber se o estavam buscando — talvez suspeitassem da sua rota de fuga.

— Não tenho muito dinheiro, mas posso pagar um quarto para esta noite — propôs, enfim, fazendo gestos que significam "eu", apontando o próprio peito; "dinheiro", esfregando o indicador e o polegar; "nós", desenhando duas vezes no ar um círculo que começava e finalizava por ele; e o de "dormir", juntando as palmas de suas mãos horizontalmente e apoiando o rosto em cima com os olhos fechados.

— Por mí, está bien.

Pagaram a conta e compraram mais uma garrafa de grapa, para levar. Nesse momento, entrou um vendedor de loteria. Tinha bilhetes dos três países. A argentina seria sorteada naquela mesma noite com um prêmio de três milhões de pesos.

— Se cada um der um peso... — propôs Roxana, deixando a sua última nota de dez guaranis. Caetano pensou "por que não?", e cobriu a sua parte. Depois de revistar todos bolsos de sua bagagem, Diego encontrou duas moedas de 25 centavos e uma de 50 e fez a soma. Tinham chegado à fronteira do acaso.

Compraram o bilhete. Roxana o guardou no bolso externo de sua mala. Depois, foram procurar um hotel que os recebesse sem fazer perguntas. Na terceira tentativa, tiveram sorte. Mas tudo o que conseguiram foi um quarto com uma só cama. De solteiro. Roxana fez que "sim" com a cabeça.

— Tudo bem — respondeu Caetano. E pagou.

— Precisamos que nos despertem às quatro da manhã.

Uma vez no quarto, abriram a garrafa e se deitaram — Roxana na cama; Caetano sobre os cobertores, perto da porta de saída; Diego em uma poltrona ao lado do banheiro. E dedicaram-se a contar biografias em que ninguém acreditou: um filme esperando a sua protagonista, o correspondente de um importante jornal de São Paulo, *cannabis* para fins medicinais.

— Ia me fazer bem um pouquinho desse teu remédio aí — insinuou Roxana.

Fumaram e beberam por um bom tempo. Apesar das diferenças idiomáticas, voltaram a mentir, desta vez sobre o que fariam com a sua parte, caso ganhassem na loteria. E mesmo que, na verdade, Caetano pensasse que, com esse dinheiro, poderiam ativar uma operação de grandes proporções para a fuga do Ramiro e de outros companheiros; Roxana, que isso dava e sobrava para voltar para casa e tirar a família inteira da miséria; e Diego sonhasse com uma Harley-Davidson e uma casa com piscina para se banhar com a gostosa da Valéria, terminaram planejando a compra conjunta de um iate e uma viagem por toda a América, da Terra do Fogo até o México.

Foram dormir vestidos, para evitar as tentações. Menos de meia hora depois, Roxana saiu da cama e se foi meter na poltrona com Diego, que a recebeu com surpresa e entusiasmo. Caetano ouviu os gemidos abafados dos dois jovenzinhos e, debaixo de seus cobertores, também começaram a acontecer coisas. E o casalzinho entendeu. Na manhã seguinte, ninguém disse nada.

A manhã nasceu fria.

Agasalharam-se para enfrentar o rio e arrumaram suas bagagens. Caetano saiu primeiro. Queria comprar um jornal argentino, para ver se, daquele lado da fronteira, se dizia algo sobre sua fuga. Na esquina, conseguiu comprar *El Heraldo de Iguazú*. Estava lendo, quando chegaram os outros dois.

— Vamos — disse Roxana. — Ele nos espera no mesmo lugar do Matute.

Obdulio foi pontual. Falou com sua prima.

— Quanto te devemos?

— Marave, ani deresarai en de querakajangua plata de siupe.

Roxana assentiu: claro que mandaria dinheiro à sua mãe.

Obdulio deu mais algumas instruções.

— Temos que atravessar e esperar do outro lado. Um amigo do meu primo, chamado Pulpo, vai trazer a lancha de volta. Não podemos ir embora antes de o Pulpo chegar — explicou Roxana nos dois idiomas.

Os dois homens apertaram a mão de Obdulio. Depois, este abraçou Roxana.

— Tereiko porâ — despediu-se deles.

Diego desamarra o bote. Primeiro, ajuda a Caetano, que não consegue subir por causa do braço quebrado, e em seguida a Roxana. Por fim, ele mesmo sobe e liga o motor. Deixa-o esquentar um pouco e, logo depois, dá início à travessia.

Caetano fuma na proa. O jornal não menciona sua fuga, então o oferece a Roxana.

Ela o folheia sem muito interesse. As notícias passam diante de seus olhos como passa a água. De repente, os olhos arregalam-se. Ela tenta dissimular a surpresa, a espiada rápida à sua mala e a alegria que se desenha em sua boca fresca e abundante.

Três milhões de pesos, trinta milhões de guaranis. ¡Añamemby!

— O que foi? — pergunta Caetano, que intercepta o olhar. Ágil, vê a página em que estava aberto o jornal, antes mesmo que Roxana o solte, e entende tudo: a paraguaia quer-lhe passar a perna. E que fácil seria, com toda essa grana, conseguir armas e um blindado para resgatar os companheiros!

— Nem pense nisso.

Ao mesmo tempo em que o jornal cai aberto no piso da embarcação, da jaqueta de Roxana surge o revólver que foi de seu pai e, menos de um segundo depois, a Smith & Wesson de Caetano entra em cena.

— ¿Qué mierda pasa acá? — grita Diego, confuso, enquanto solta a alavanca do motor e tira, ele também, a Nove, que agarra com as duas mãos, tremendo e apontando para o peito de Caetano.

O brasileiro, com o queixo, aponta para o jornal, enquanto varre o ar em semicírculo com a Smith & Wesson.

— A nossa aposta.

Diego não entende a frase, mas sim a situação e o que

está no jornal. Olha para ela, depois para a mala, mais próxima de seus pés do que de qualquer um dos outros dois, mas sabe que isso não tem importância alguma.

Três paus, pensa.

Agora aponta, alternativamente, ao brasileiro e à paraguaia.

A lancha se move com a correnteza do rio, o motor roncando. Caetano, Roxana e Diego equilibram-se e apontam-se uns aos outros.

Já não se tem — nem se terá — um iate para desbravar a América Latina.

Não tem rapidinha na poltrona nem punheta debaixo das cobertas. Não tem jantar compartilhado, nem garrafas para aplacar o medo e a ansiedade. Não tem papo furado de filme, reportagem ou medicina alternativa. Não tem fraternidade ou cooperação mútua.

Não.

O que se tem aí é um papelzinho que vale três milhões de pesos dentro do bolso de uma mala; um militante na clandestinidade, uma menor sem documentos e uma mochila cheia de maconha. O que se tem aí é uma lancha que se move pelo rio e três armas — um revólver pesado, uma pistola Smith & Wesson, uma Nove da polícia argentina — que varrem o ar em semicírculo.

— Embo gueyshu lan de arma.

— Bajen los fierros, carajo.

— Abaixem as armas.

Depois, silêncio. Um beco sem saída sobre a névoa do rio na tríplice fronteira. Um final de história em que só se ouve o murmúrio das águas pardas e o grasnar dos pássaros.

Até que os disparos rompem a manhã.

ROSA

PAULA BAJER

Primeiro um tiro, depois outro. Eu no quintal e o barulho veio do vizinho no lado esquerdo de quem olha para minha casa. Entrei para fugir das balas. Ouvi o terceiro tiro.

É no domingo que as coisas acontecem, quando não há nada para fazer e as pessoas têm maus pensamentos. Meu vizinho do lado direito de quem olha para minha casa estava na varanda, o senhor ouviu tiros? Não. O vizinho é um senhor de meia-idade (75?). Fala pouco, mal diz bom-dia quando está sol e, quando não está, nem diz. Fica lendo o jornal sentado em uma cadeira de praia na varanda oito horas por dia, quatro de manhã e quatro à tarde. Os jornais são finos, ele deve reler as notícias e isso só pode ser cansativo. Mas era domingo, havia classificados.

O vizinho do lado esquerdo não estava na varanda. Ele se fazia de simpático, tinha olhos de um brilho estranho, era casado com a Rosa, agressivo com a Rosa, eles não tinham filhos. Ele me cumprimentava sempre com um sorriso largo e fingido, mas também era só isso. A Rosa nunca saía de casa. Fazia já uns dois anos que eu não a via por ali, nem na varanda. Antigamente, ela gostava de regar as flores, a casa dele tem roseiras altas e bonitas, vermelhas e brancas. Depois que ela parou de regar, ele começou a regar. As rosas ficaram tristes por um tempo, mas depois se acostumaram. Fui amiga da Rosa quando ela estava bem.

Moro sozinha, preciso saber o que acontece com meus vizinhos, uma questão de segurança. Quando o vizinho do lado esquerdo apareceu na varanda dele — o marido da Rosa, de bermudas e chinelos — olhando em volta, perguntei, você ouviu os tiros? Que tiros?

Eu ouvindo tiros à toa. Outro dia sonhei que descia correndo as escadas e uns cães ferozes com dentes grandes me esperavam. Eu vivia com medo de tudo e nada. Problemas meus, que eu tinha.

Era domingo e não ia me incomodar com sons de tiros. Voltei para dentro de casa, saí para meu quintal que ficava na parte de trás da casa, sentei-me na minha cadeira de praia; eu tinha cadeiras em casa, duas, uma azul e outra verde. Sentei-me na verde para variar, já que antes eu estava sentada na azul.

E a partir daí tudo ficou silencioso, só um passarinho ou outro. O vizinho do lado esquerdo saiu com o carro mais ou menos uma hora depois, ouvi o motor. Achei estranho porque ele não saía aos domingos, nunca deixava a Rosa sozinha. Sosseguei. Se ficar nervosa com tudo o que acho estranho no mundo, enlouqueço, e isso não pode acontecer.

A semana começou, eu saía cedo para trabalhar e voltava no fim da tarde. Na quarta-feira, resolvi, na hora do almoço, passar em casa para pegar uns livros que precisava devolver na biblioteca, um deles era *O longo adeus*, de Chandler, que eu tinha lido duas vezes e não queria devolver, mas não tinha jeito, o prazo estava mais que esgotado. Eu tinha decidido parar de ler policiais, eles me deixavam desconfiada com tudo, mas abri exceção para reler Chandler. A moça que trabalhava na casa da Rosa estava saindo, no portão. Sorri, perguntei se estava tudo bem, ela disse que sim, e a Rosa, como vai? Estava internada. O marido tinha internado a Rosa na segunda-feira, a doença era grave. Aquele era o último dia de trabalho dela, ele ia mudar de casa, para bem longe, talvez outra cidade.

Desejei boa sorte à moça. Peguei os livros e quase liguei para a polícia. Mas Rosa e suas roseiras não eram um problema meu. Não éramos mais tão amigas. Os tiros não eram problema meu. Meu único problema era devolver os livros para a biblioteca.

No dia seguinte, a campainha tocou cedo. Olhei através da janela: uma viatura da polícia civil. Um homem no portão.

Abri a porta.

— Tenho uma intimação para Sandra Lopes.

Eu sabia que era sobre os tiros. Ou sobre Rosa internada. Ou sobre meu vizinho do lado esquerdo.

— É sobre o assassinato da sua vizinha.

— Ela morreu?

— O corpo dela foi encontrado na praia. Duas perfurações na cabeça. Uma do lado esquerdo, perto do ouvido. Outra na nuca. E uma perfuração na perna.

— Na nuca, tem certeza?

— Mataram e jogaram no mar.

— E por que a intimação pra mim?

— O delegado quer ouvir a vizinhança toda.

— E o marido, já foi ouvido?

— Sumiu.

Ele foi embora e entrei em casa. Comecei a sentir um desconforto. Os dois tiros em Rosa. O terceiro tiro na nuca ou na perna? O primeiro na perna, quando ela tentava fugir. O outro pra matar. E o terceiro para ter certeza de que estava morta. Um tiro de ódio. Meu vizinho.

Fui trabalhar, mas sem energia para falar. Dei trabalho em grupo. Enquanto trabalhavam, fingi que lia um livro. Mas não sabia o que dizer na polícia. Olha, doutor, ouvi dois tiros. Na verdade, três. Mas isso não significava nada. Meu vizinho do lado direito não tinha ouvido os tiros. E se eu incriminasse o marido da Rosa e ele fosse considerado inocente?

Comecei a pensar na Rosa e em seus cabelos longos. Rosa indo à feira. Rosa pegando o jornal de manhã. O cheiro da comida da Rosa quando a Rosa cozinhava. Eles brigavam bastante, geralmente no domingo. Ele gritava com ela. A Rosa chorava. Depois que ele tinha parado de gritar e eu sabia que ele tinha saído, eu perguntava do muro: Rosa, quer um pedaço de bolo? Ela sabia que eu não fazia bolo. Ela respondia, não, obrigada, depois passo aí! E eu sabia que estava tudo bem.

Eu dizia, Rosa, cai fora. Ela respondia, você não entende.

Depois Rosa se escondeu. Uma doença sem nome. Rosa não quer receber visitas. Rosa não quer. Com o tempo, me acostumei a não ver Rosa. Por dentro eu sentia que me acostumara rápido demais com o desaparecimento da Rosa. Não devia ser assim. Às vezes, eu pensava "vou pular esse muro". Mas eu via a moça que trabalhava para Rosa estender a roupa e a roupa de Rosa estava no varal. A saia da Rosa, a camiseta, as camisolas. Eu perguntava, a Rosa está bem? Ela respondia, hoje comeu um pouco, hoje sorriu, hoje disse obrigada.

Parei de pensar na Rosa.

E agora ela aparecia morta no mar.

Perguntei ao vizinho do lado direito se ele já tinha ido depor e ele disse sim. Foi tudo normal. Mas o senhor falou dos tiros? Não ouvi tiros, você ouviu. E o senhor contou que eu ouvi? Não.

Aquele meu vizinho era honesto. Deixou a minha versão para eu mesma dar. Minha versão da Rosa. Doutor, sei quem matou, está tudo muito claro pra mim.

Na quinta-feira, eu vi as viaturas chegando. Arrombaram a casa da Rosa. Fiquei curiosa para saber se a arma estava lá. Os senhores encontraram a arma? Não perguntei. Esperei a diligência terminar. Eles vasculharam tudo, até o quintal. Mexeram nos varais sem as roupas da Rosa. Entraram na edícula. Um deles olhou para o meu quintal do muro. Conheço a mente de policiais. O próximo local de busca seria minha casa. Podiam entrar. Pensei até em dizer "vocês podem dar uma olhada na minha casa".

Quando saíram, eu mesma resolvi olhar. Eu também tinha roseiras em casa. Não tantas como as da casa da Rosa, mas algumas, em um pedaço de terra encostado no muro. Vasculhei meu diminuto quintal e, bem no canto, perto do muro, estava a arma. Um revólver antigo. Olhei de perto sem tocar. Sei o que impressões digitais significam em qualquer objeto. O vizinho sabia que a arma estava em minha casa e uma hora qualquer viria buscar. O criminoso sempre volta ao lugar do crime, esse era um ditado que eu conhecia bem. Eu tinha uma opção. Avisar a polícia que a arma estava comigo. Eu precisaria dar muitas explicações. Por que não tinha avisado antes, por que não tinha avisado logo sobre os tiros, eu deixara um criminoso fugir, eram tantas as perguntas, tantas as acusações possíveis, eu não tinha nem advogado. Olhei aquela arma em meu quintal, a arma que expelira três tiros em direção a Rosa, um deles mortal, pelas costas.

Eu deveria ir à polícia na semana seguinte e tinha tempo para refletir. Deixei a arma onde estava, esperando por seu dono, meu vizinho do lado esquerdo.

Foi no domingo que ele apareceu. Eu estava lendo o jornal em minha cadeira de praia verde. Estava fingindo que lia o jornal, porque não conseguia me concentrar. Tinha pego outro romance policial na biblioteca, *Atire no pianista*, de David Goodis. François Truffaut tem um filme com esse nome e eu pensava se a história do filme era a mesma do livro. Pensava nisso e em Rosa quando a campainha tocou. Olhei pela janela e meu vizinho estava lá, no portão. Eu o esperava à noite, entrando escondido, pulando o muro. Eu não o esperava em um domingo de sol. Ele estava tranquilo ali, até bonito com seus olhos brilhantes. Ele queria a arma, eu não podia me esquecer de que ele queria a arma.

Fui ao quintal e, nem pensando em impressões digitais, peguei o revólver e escondi sob uma almofada de meu sofá azul. Eu me lembrei das vezes que ele tinha chamado Rosa de otária e de burra. Talvez a arma fosse dela, talvez ela tivesse apontado seu revólver na direção dele, ele poderia ter pego a arma e atirado em Rosa. Legítima defesa. O que eu contaria para a polícia? Nada. Eu tinha três tiros para contar e uma pistola em meu quintal. Ele diria que eu matei Rosa. Tudo isso se passou em minha cabeça enquanto eu olhava pela janela e via o vizinho do lado esquerdo fumar um cigarro, eu não sabia que ele fumava. Fumou um cigarro inteiro ali, sem medo de ser visto pelo vizinho do lado direito, e até jogou a bituca na frente de meu portão e da calçada que eu varria um dia sim, um dia não. Resolvi abrir a porta, mas, antes, peguei o revólver já pensando "tomara que esteja descarregado, tomara". Abri a porta e mal ele perguntou "posso entrar, preciso falar com você", eu atirei. Atirei no vizinho do lado esquerdo para matar, no lado esquerdo do peito onde, dizem, está o coração.

Pronto, Rosa, ele não vai mais te chamar de burra e nem de otária.

Entrei em casa, sentei em meu sofá azul ainda segurando a arma quente e esperei a polícia chegar. Eu sabia que o vizinho do lado direito tinha ouvido o tiro.

OS PREGADORES

RODOLFO SANTULLO

Los Predicadores - Rodolfo Santullo
Tradução de Nathaly Nalerio e Andrea Kahmann.

O ponto da Gladis não tem nome. Nunca teve. Visto de fora, pouco se pode adivinhar sobre suas intenções ou seu objetivo. Uma casa pequena, de um só piso, com uma porta estreita de compensado brasileiro e uma janelinha com os vidros cobertos de gordura. Não se descobre a sua verdadeira natureza até que o cheiro de fritura — que permanece no ar — invada as fossas nasais dos escassos transeuntes que andam pelas ruas de Punta del Diablo no inverno. As mesmas ruas, becos, passagens, atalhos, construídos desordenadamente quando do crescimento da população de pescadores e que se mantêm até hoje como se os pescadores ainda fossem os verdadeiros donos do povoado — como se esse lugar pudesse ser descoberto por alguém assim tão facilmente. Mas todos ali sabem que a cozinha da Gladis é o melhor que se pode encontrar, sobretudo nesta época do ano. Ao contrário dos demais bares ou restaurantes, que só começam a funcionar na metade da primavera, Gladis abre suas portas, religiosamente, apenas nos três meses de inverno. Dizem que ela passa o resto do ano em Montevidéu, onde tem pelo menos mais três negócios como esse. Dizem que seu marido era dono de várias cabanas espalhadas pela região de Rocha e que ela vive dos aluguéis. Dizem que Gladis tem muito dinheiro. Mas, como não é dada a confidências, nunca houve quem confirmasse o diz-que-me-disse.

Era uma noite muito fria de julho — e isso, em Punta del Diablo, quer dizer muita coisa. Na gigantesca panela, trazida por seu marido — que descanse em paz — das frequentes viagens ao Chuí, flutuavam vários pedaços de cordeiro. Não era o cheiro da fritura o que invadia o local nessa noite, mas sim os cálidos aromas do louro e do orégano somados à dominante fragrância da carne. Embora essa fosse a melhor opção do cardápio, somente um comensal solitário ocupava uma mesa, localizada de frente para a porta, de costas para a cozinha e encostada rigorosamente contra a parede de cabideiros, onde um jaquetão carcomido estava dependurado. Lá fora, começava a chover gotas regulares, finas e persistentes — uma chuva de inverno, pensou Gladis, dessas que parecem agulhas a entrar pela carne e que chegam até os ossos.

O homem engolia o ensopado de cordeiro devagar, dedicando à porta olhares longos. Espera alguém, concluiu Gladis. Como não tinha o que fazer, ela observava o desconhecido sem dissimular, apoiada em sua própria mesa, a mais próxima da cozinha. Era um quarentão corpulento; Gladis nunca o tinha visto, mas sabia que não era dali. Ele mencionara ter desembarcado em La Paloma nessa mesma manhã.

Não era um homem feio, mas bem que podia fazer a barba ou cuidar dessas pesadas bolsas debaixo dos olhos brutalmente vermelhos de sangue. O cabelo, preto e brilhante, parecia implorar por alguém que o lavasse e o cortasse. As mãos, curtidas e calejadas, pareciam dotadas de vida própria; todos os gestos daquele homem, cortar o pão, sugar o caldo, levar à boca uma colherada de cordeiro, pareciam automatizados, alheios à atenção que não se desprendia da porta de entrada.

A minuciosa observação de Gladis foi bruscamente interrompida quando se abriu a porta da rua. Soprou um vendaval tão forte que a dona do local se perguntou como podia uma fina camada de compensado ter conseguido mantê-lo do lado de fora até então. O golpe do vento cessou tão bruscamente quanto começou, pois o homem que entrava se apressou em fechar a porta.

— Néstor! — O homem à mesa teve a intenção de se levantar; seus olhos brilhavam frenéticos. Gladis não soube dizer se aquilo era alegria ou ansiedade.

O tal de Néstor sacudiu a chuva que trazia com ele. Era uma cópia quase fiel do outro. Vestia um casaco longo, gasto e ensopado, um boné preto e umas botas de borracha azul com uma insolente tira amarela no final do cano alto, apertando o jeans imundo. Tirou o boné e esfregou a mão na cara, por onde a barba lhe crescia com a desordem de um matagal após o incêndio. Seu olhar cruzou casualmente com o de Gladis, que sentiu um calafrio. Ela nunca tinha visto olhos tão carentes de vida.

— Néstor! — O homem da mesa insistia. — Sente aí, fique à vontade. Tem cordeiro.

Gladis interpretou essa cordialidade como um pedido

indireto e não hesitou em atendê-lo. Enquanto se metia na cozinha, viu de relance como Néstor arrastava os pés e se dirigia sem vontade até a mesa do anfitrião. Tirou o casaco e o pendurou, pingando água, ao lado do jaquetão do outro.

Enquanto fazia subir a chama do fogão, Gladis mexia o ensopado com cuidado, evitando que grudasse no fundo. Tinha calculado mal a quantidade de comida para a possível clientela, mas amanhã seria outro dia, e o cordeiro não só se conservaria sem problemas, como estaria ainda mais saboroso. Ela mesma, ciente de seus dotes culinários, já salivava ante a expectativa do jantar.

Se os homens conversavam, o faziam em um tom tão discreto que as palavras não chegavam à cozinha. O ensopado borbulhava constante e parelho e, então, Gladis pegou uma grande concha gasta e serviu uma abundante porção em um prato fundo de lata. Resolveu que, depois de lavar os pratos, ela comeria também e, por isso, não apagou o fogo. Segurando o prato com um pano, atravessou a cortina que a separava dos dois clientes.

Néstor não estava. A porta de compensado batia ritmicamente, entreaberta por causa do vento. O casaco longo seguia pendurado, mas o jaquetão não estava mais ali. O primeiro homem continuava sentado no mesmo lugar. Uma de suas mãos ainda segurava um pedaço de pão, apoiada na mesa, enquanto a outra descansava ao lado da colher, salpicada com gotas do caldo.

Tinha uma faca cravada no peito, de cabo preto com rebites brilhantes de alumínio. Uma faca de marinheiro. O olhar do homem estava perdido e já sem vida. O rosto deformado por uma expressão de pânico, duplamente horrível por transformar seu rosto rude.

Gladis desfez seus passos, devolveu o ensopado à panela e apagou o fogo. Só então procurou o telefone.

— Néstor, você disse? — O tenente Jonás Guerrero anotava as informações em um bloquinho todo molhado que tirou da jaqueta azul ensopada pela chuva. — Não mencionou sobrenome?

Gladis negou com a cabeça, sem desviar os olhos do cabo Faustino Méndez que, sentado a uma mesa próxima, contemplava indiferente o tétrico espetáculo do homem esfaqueado. O cabo era o tipo de homem de que Gladis gostava; um cinquentão de costas largas e cabelos grisalhos. Ele roçava a barba, também grisalha e que àquela hora já sombreava o rosto que recebera a lâmina pela manhã, produzindo um som que lembrava à mulher o ato de raspar mexilhões. Já o tenente Guerrero era a antítese do cabo: beirando os 30 anos, era um montevideano que estava há menos de um ano na base naval de Punta del Diablo; tinha o corpo magro, o rosto amarelado e uns olhinhos pequenos e um pouco míopes. Foi integrado à escassa comunidade do lugar e se dava muito bem com Méndez. A tropa naval enviada para o caso se completava com o jovem marinheiro Emiliano Ibarburu, a quem Guerrero incumbira de vigiar a porta e afastar os curiosos. A chuva estava mais forte e os curiosos eram nulos; mesmo assim, Ibarburu permanecia à porta, estoico, com o rigoroso uniforme branco cada vez mais ensopado, encolhido dentro do seu casacão impermeável.

Guerrero mordiscava a tampa da esferográfica. Já tinha desistido de esperar pela polícia; parecia que, dessa vez, era a Marinha que deveria cuidar do caso. Já estava acostumado a essa zero formalidade de jurisdição que àquela época do ano imperava na costa. Com a chegada do verão, os olhos das autoridades obrigavam à letra da lei. Mas, em julho, num lugarejo com menos de trezentos moradores fixos, em sua maioria pescadores semianalfabetos, ninguém se importava com nada.

— Ele deixou o casaco — Gladis informou a Méndez, que assentiu com a cabeça.

— O que você acha? — perguntou o tenente a seu subordinado.

— Um crime comum — O cabo deu de ombros. — Dinheiro, mulheres, sei lá. Uma discussão besta e um cravou a faca no outro. Não é a primeira vez nem será a última.

— Discutir não discutiram — disse Gladis — ou bateram boca bem baixinho.

— Você estava na cozinha, certo? — inquiriu Guerrero, e a mulher confirmou. — Quanto tempo ficou ali?

— Uns quinze minutos.

— Conhecia algum deles?

— Não. O finado me disse que desembarcou hoje em La Paloma. O outro não disse nada, mas não era do povoado.

— Não, nenhum deles era — completou Méndez. O cabo tinha se levantado e agora revisava os bolsos do casaco. Foi retirando e deixando sobre a mesa em cuidadosa ordem: um relicário, um rosário de madeira, uma pequena Bíblia praticamente desencadernada, umas moedas soltas das quais ninguém reconheceu a procedência e uma fotografia em que Néstor, rapidamente identificado por Gladis, aparecia ombro a ombro com alguém que podia ser o morto, ambos com um olhar cinzento e apagado que não encontrava a câmera.

— Um homem devoto — observou o tenente.

— Essas quinquilharias podem não significar nada — respondeu Méndez. — Tem coisas que a gente carrega nos bolsos sem nem se dar conta.

Os três concordaram profundamente, como se uma verdade absoluta se tivesse revelado. O cabo guardou as coisas do tal de Néstor em um saco. Com certo reparo, o tenente ficou a examinar o cadáver.

— Eu não sou perito, mas para mim está claro que essa punhalada bastou e sobrou para matar o homem. — Tudo da faca que não estava enfiado na carne brilhava implacável. — Isso deve ter partido o coração dele — acrescentou.

Os três se olharam por um momento, como se de repente recobrassem a consciência de que ali, entre eles, havia um morto. Alguém que nunca mais voltaria a se molhar na chuva, a comer ensopado de cordeiro, a chegar em um lugar desconhecido proveniente de outras terras. O cadáver parecia concordar com essa atitude, discretamente. O *rigor mortis* começava a transformar a sua expressão em uma careta irônica e grotesca.

— Marinheiro! — O grito de Guerrero fez com que os outros se sobressaltassem. Ibarburu se apresentou à porta. — Vá até a base e chame a quem corresponda. Peça para nos enviarem uma equipe forense. Tem alguma em Castillo? — perguntou para Méndez, que negou com a cabeça. — De Montevidéu, então. Rápido!

O jovem saiu correndo embaixo da chuva. Os dois oficiais e a mulher ficaram congelados em um silêncio incômodo.

— Você disse que tinha ensopado de cordeiro, Gladis? — perguntou Méndez, de repente.

Comeram amontoados na cozinha, esquivando-se com culpa ao olhar do morto que não pôde terminar o seu prato.

Por fim, uma ambulância de Castillo veio buscar o morto. Guerrero ordenou a Ibarburu que acompanhasse o corpo e que, uma vez retirada a faca, a mandasse para análise em Montevidéu. Também pediu que coletasse e remetesse as digitais da vítima. No entanto, quando os enfermeiros, com peculiar incômodo, alçaram o cadáver, Faustino Méndez descobriu a carteira que caía de um dos bolsos traseiros da calça.

— Pedro Bordagaray — O cabo leu em um documento, enquanto o tenente olhava a ambulância se perdendo na chuva e se dava conta de que o jovem marinheiro partia sem ter feito sua refeição. — É uruguaio, nascido em Montevidéu, em 1962.

Examinou os demais compartimentos da carteira, que tinha alguns cartões soltos: um ferreiro em Mar del Plata, uma padaria na Costa Azul, um advogado de nome Pablo Miccolo, sem endereço determinado, mas que, pelo número para contato, provavelmente seria argentino. Tinha também 150 pesos uruguaios e uma fotografia na qual o morto e um homem, extremamente parecido com ele, sorriam luminosamente no porto de Montevidéu, ambos vestidos com macacões de trabalho.

— Que pessoas amigáveis estas aqui, que nos brindam com tantas fotos para identificação — sorriu Méndez.

— Então, pode ser que, naquela outra foto, seja ele mesmo ou este aqui, que parece ser irmão do morto, com o assassino — concluiu Guerrero, e seu subordinado concordou.

— Tem uma carta de recomendação aqui — adicionou Méndez, que acabava de encontrá-la entre o dinheiro. — "Recomendo, sem dúvida alguma, Pedro Bordagaray, marinheiro de primeira, para todo o tipo de tarefas em alto-mar, uma vez que se destacou em meu barco de pesca, "Salto", durante os últimos três meses. Assina: Capitão Aquiles Morales." Com data de ontem... não, hoje — comprovou a data em seu relógio de pulso.

— Certamente foi desse barco que ele desembarcou em La Paloma — interveio Gladis, atenta a tudo.

— Certamente — o cabo assentiu.

Guerrero havia examinado minuciosamente o lugar, certificando-se de que não restava mais nada de interesse forense e que, sem a presença do morto, não havia mais nada a ser feito ali.

— Podíamos dar um pulo até La Paloma... — O cabo parecia ler seus pensamentos.

— Sim. Mas antes faremos algumas perguntas aos vizinhos. Alguém pode ter visto o assassino.

— Isso, com certeza. — O cabo tirava, do meio dos dentes, um pedaço esquecido de cordeiro.

Saíram para a rua em meio à chuva, depois de Méndez se demorar um pouco em uma troca de palavras com Gladis, a que o tenente se esforçou muito para não ouvir. Foram para lados opostos, batendo de porta em porta. Ninguém reparara em nenhum desconhecido, e quem viu a foto que Guerrero levava, não reconheceu nenhum dos homens. Todos dedicaram olhares de compaixão para esses oficiais cada vez mais molhados pela chuva incessante.

Eram quase cinco horas da tarde quando se reuniram na base naval, pegaram a caminhonete e partiram em direção à La Paloma.

— Sim, é ele. — O capitão Aquiles Morales olhou a foto com atenção concentrada. Era um homem velho, com a cara rosada por causa do álcool e uma cabeça grisalha em que o cabelo começava a escassear. Um segundo depois, colocou uns óculos grossos de aumento e voltou a olhar a fotografia.

— É ele — repetiu.

Guerrero assentiu com a cabeça e guardou a foto. Os três estavam dentro da caminhonete, refugiados da chuva que caía sem misericórdia também em La Paloma, a poucos passos de onde acabavam os molhes. O "Salto", um barco tão mirrado que fez Guerrero duvidar da sua capacidade como pesqueiro, navegava a alguns metros dali. Morales não hesitou em falar de Salto, sua terra natal, e do quão longe estava. É um pedaço da minha terra singrando o mar, disse, olhando, emocionado, a sua casca de noz.

— Lamento saber que ele morreu — comentou o capitão Morales diante do silêncio de seus interrogadores. — Era um bom homem.

— O senhor sabe dizer por que ele foi a Punta del Diablo? — perguntou Guerrero. — Sabe se ele pretendia se encontrar com alguém?

— Sim — Morales guardou novamente os óculos no bolso. — Ia falar com um colega do irmão... seu irmão Carlos se suicidou uns meses atrás. E Pedro queria entender... Entender o porquê. Eu disse a ele que nunca se entende a razão de alguém fazer algo assim, tirar a própria vida. Mas Pedro estava obcecado com esse encontro.

Os oficiais ficaram em silêncio, processando a informação e trocando alguns olhares.

— Ele me pediu a carta de recomendação porque sabia que eu ia zarpar em seguida... não posso perder a safra... — continuava o capitão.

— Sabe alguma coisa sobre esse amigo com quem ele ia

falar? — interrompeu Méndez.

— Não sei se dá para dizer que eram amigos. O irmão de Pedro também era marujo, só que de barcos com maior calado. Cargueiros mercantes, por exemplo. E este homem era seu colega de alojamento. Parece que Carlos se suicidou a bordo, entendem? E se este homem estava com ele... — deixou morrer a frase com um gesto de quem revela o evidente.

— Qual era o nome deste amigo ou colega?

— Nunca me disse.

— E o nome do barco onde o irmão se suicidou?

— Também não sei.

Contemplaram-se brevemente, entreolhando-se e olhando a doca deserta, ofensivamente cinza e vazia, enganadora diante da realidade que significava abrigar tanta luz, calor e alegria em meses mais felizes. Finalmente, Guerrero agradeceu e indicou a Morales, com um gesto, o fim do interrogatório. O capitão assentiu com a cabeça e, segundos depois, correu debaixo da chuva até seu querido "Salto".

— Se soubéssemos como se chama, poderíamos encontrar esse barco... a ANP[1] tem os registros das tripulações. Podemos passar a eles o nome de Carlos Bordagaray... podemos tentar... — o tenente pensava em voz alta.

— Desde que o barco seja uruguaio... e que tenha toda a documentação em dia — Méndez sorriu maliciosamente —, o que seria uma grande sorte!

— Não custa nada tentar. — Guerrero insistiu com obsessão um pouco infantil.

E assim o fez, efetivamente. De uma agência telefônica em La Paloma, ele transmitiu as informações para o agente

1 N. de T.: Administración Nacional de Puertos [Administração Nacional de Portos].

da ANP, que se comprometeu a fazer contato em seguida, se acaso estivessem com sorte.

E, de fato, estavam com sorte. Carlos Bordagaray tinha zarpado em dezembro do ano anterior a bordo do "Ulisses", uma embarcação de médio porte, de bandeira uruguaia, dedicado ao transporte de mercadorias diversas. Até mesmo o óbito do marujo, reportado como suicídio, ocorrido em março do mesmo ano, tinha sido registrado. A ANP levou pouco mais de uma semana para obter e repassar todas essas informações.

O capitão do "Ulisses" chamava-se Mauricio Sensinni. O relatório da ANP trazia um número de telefone de Montevidéu, por meio do qual Guerrero fez contato.

— Carlos Bordagaray? — A voz de Sensinni se perdia no mar de cabos cruzados que significavam mais de trezentos quilômetros de telecomunicações. — Claro que me lembro dele.

— Ele se suicidou a bordo?

— Sim, ele se enforcou no seu camarote. Com o cinto.

— Lembra o nome do colega dele?

— Que colega?

— Seu colega de alojamento, Néstor alguma coisa...

— Néstor? Carlos tinha um camarote só pra ele.... Ah! O senhor está falando do náufrago!

— O náufrago?

— Sim, o náufrago. Foi uma cena de filme... o encontramos em alto-mar, remando sobre uns restos. Ele nos contou que a caldeira do seu barco estalou e que fazia mais de 48 horas que estava na água. Percorremos um pouco a zona, mas não encontramos mais sobreviventes.

— Ele disse o nome do barco?

— Sim... era... espera, deixa eu lembrar. "Lontananza". Isso mesmo: "Lontananza".

— E o que mais ele disse?

— Pouca coisa, era um homem quietão. Mas também, com todo esse impacto pelo qual passou... Podia estar em choque.

— E ele dividiu o camarote com Bordagaray?

— O "Ulisses" não tem muito calado. E Carlos tinha espaço.

— Por que Carlos se matou?

— Só Deus sabe.

— Néstor disse alguma coisa?

— Não. Bem... na verdade, encontramos Carlos só quando já estávamos em terra firme. Em Montevidéu mesmo. Achamos estranho ele não desembarcar.

— E Néstor?

— Já tinha descido.

— Registraram o naufrágio do "Lontananza"? Néstor fez alguma declaração?

— Eu mesmo informei o naufrágio à ANP. Do Néstor, não soube mais nada. Ele desembarcou sem se despedir.

Guerrero agradeceu a atenção do Capitão Sensinni e se comunicou com a ANP. Sobre o "Lontananza", só pôde coletar que efetivamente o davam por perdido, que seu desaparecimento foi catalogado como "acidente" e que não havia informações a respeito de sobreviventes.

— Chegou o relatório de Montevidéu — anunciou Ibarburu, que estava vigiando o fax já fazia um tempo.

— O relatório da autópsia?

— E das digitais do morto.

— Você mandou as digitais? Mas nós já o identificamos

pela carteira...

O marinheiro ficou um pouco vermelho, consciente do próprio erro. Méndez, testemunha silenciosa de toda a cena, sorriu enquanto fazia um "não" com a cabeça e tomou o relatório das mãos do jovem oficial. Leu o documento por cima, até que algo chamou a sua atenção.

— Rapaz, foi no rebote, mas foi gol — sorriu largamente para Ibarburu, com uma dentadura que já teve dias melhores.

— Que foi, Méndez? — O tenente quis saber.

— A capital nos informa que as digitais encontradas na faca coincidem com as de Pedro Bordagaray.

Os três oficiais se olharam em silêncio por alguns instantes até que Guerrero reagiu:

— Ele mesmo se cravou a faca?

Méndez assentiu com a cabeça, o olhar fixo no relatório.

— ´ta que o pariu... como atrai suicídios esse cristão. — O cabo balbuciou em tom preocupado.

A investigação estava em ponto morto. Dez dias depois de encontrar o cadáver de Pedro Bordagaray, agora catalogado como suicídio, e não tendo obtido nenhuma resposta nas inquirições por toda a zona com a foto de Néstor, a quem ninguém viu nem em Punta del Diablo, nem em Castillos, La Paloma, Barra del Chuy, Aguas Dulces, Valizas, Cabo Polonio, Costa Azul de Rocha ou La Aguada, Guerrero não podia fazer mais nada a não ser dar o caso por encerrado. A rotina do povoado de pescadores se impunha: Méndez começou a investigar uma barca desaparecida, cujo cabo da âncora se rompera ou havia sido cortado intencionalmente para roubá-la, e Ibarburu foi a Castillos fazer um curso de especialização em cabotagem e resgate, curiosamente realizado em terra firme.

O inverno transcorria lentamente, e com ele Guerrero sentia o passo das horas mortas, como só sabem passar nos povoados costeiros no inverno. Apesar disso, frequentemente tirava a foto de Pedro e Néstor do bolso — levava sempre com ele, sem saber a razão — e os observava. Tinha sido tirada a bordo do "Ulisses", por mãos evidentemente anônimas. Os dois homens não tiveram muito tempo de se conhecer — Néstor esteve a bordo por poucos dias —, mas compartilhavam o mesmo porte físico. Compartilhavam algo. O tenente não sabia dizer o que era, mas alguma coisa naquela foto lhe dizia que esses dois homens carregavam o mesmo peso nas costas. Era isso. Pareciam abatidos, sacrificados. Como se ambos guardassem um segredo obscuro ou um passado sombrio.

O telefone o sobressaltou. Era Méndez.

— Tive uma ideia genial! — Do outro lado da linha, o cabo estava radiante.

— Diga.

— Não, não. Se eu estiver errado, é melhor não contar. Mas se eu estiver certo, é completamente genial.

— Escute aqui, você pode parar de falar por enigmas?

— Tenho a resposta do porquê não encontramos o nosso homem misterioso em lugar nenhum. O senhor espere tranquilo, meu tenente, que, com o vento a favor, eu lhe entrego esse tal de Néstor com pés e mãos amarrados hoje mesmo.

E desligou.

Guerrero sacudiu a cabeça, preocupado.

Não, senhor, ele não estava gostando disso nem um pouco...

— Ainda por aqui, tenente?

A pergunta de Ibarburu o despertou. Já era noite no mundo exterior à base naval, e Guerrero percebeu que tinha dormido sentado em frente à escrivaninha, vigiando o telefone.

— Alguma novidade do cabo Méndez?

— Não, senhor — Ibarburu olhou-o confuso. — Eu acabo de voltar de Castillos. Aconteceu alguma coisa?

— Nada, não. — O tenente tirou a importância do assunto com um gesto. — Vou para casa.

— Muito bem, senhor.

O jovem marinheiro estava de guarda, instalou-se no escritório com seus livros teóricos sobre cabotagem e resgate em alto-mar, enquanto o tenente saía rumo à noite gélida. O céu estava claro e, na ausência quase total de iluminação pública, pôde desfrutar da abóbada estrelada como só é possível na costa de Rocha. Inalou o ar ruidosamente e o sentiu condensando na boca, congelando o palato. Estava um pouco tonto — excesso de oxigênio, talvez — e caminhou umas poucas quadras, ou melhor, tomou um atalho cheio de barro até as cabanas entre as quais se achava a sua. Na entrada das cabanas, que eram quase quarenta — um formigueiro de gente na alta temporada —, Guerrero se deteve. Pensava em todos os livros e filmes B que já tinha visto ou lido e no que costumava acontecer com os personagens que, tal qual o Méndez, anunciavam uma ideia genial e não a compartilhavam. A realidade não poderia ser um clichê desses, pensou. Mesmo assim, desfez seus passos e caminhou em direção ao pequeno edifício onde morava o cabo Méndez.

Este era um casarão de três andares, que alguma mão ambiciosa reciclara em pequenos apartamentos de um só ambiente. Guerrero já tinha bebido uma que outra cerveja na casa de Méndez, depois do serviço. O cabo era um homem muito detalhista, tinha um apartamento impecavelmente organizado. Nada de pó, nada fora do lugar.

A porta da entrada estava sem tranca, Guerrero a abriu e subiu as escadas até o apartamento do cabo. Chamou e, não obtendo resposta, forçou a porta, que cedeu ao primeiro golpe; estava apenas encostada.

— Merda... — O tenente empurrou a porta sem entusiasmo, convencido de que nada de bom o esperava.

O cabo Faustino Méndez estava pendurado em uma das vigas que cruzava o teto do apartamento. Enforcara-se da mesma forma que Carlos Bordagaray, com seu cinto. O corpo ainda se mexia.

Enquanto o tenente corria para soltá-lo, pegando no caminho uma cadeira e uma faca, para subir e cortar o cinto, pensava em como a realidade pode tão terrivelmente imitar a ficção, e em como isso ocorre numa frequência maior do que se gostaria de admitir.

Na policlínica de Punta del Diablo, tranquilizaram-no, assegurando que o cabo já não corria perigo. Mas tinha fraturado as cervicais com o puxão e havia o risco de que não voltasse a caminhar. Na primeira hora da manhã, iriam transferi-lo para Castillos ou Montevidéu, caso o Clínicas tivesse vagas, para submetê-lo a diversos exames.

Guerrero escutava tudo o que a enfermeira dizia com o olhar petrificado em um copo plástico com café que Ibarburu lhe tinha entregado antes de voltar à base. A imagem do corpo de Méndez se mexendo não despregava de suas retinas. Algo terrível estava acontecendo. O cabo não era um homem dado a depressões nem a mal-estares. Era a última pessoa sobre a qual se podia pensar que seria capaz de atentar contra a própria vida. Ao telefone, mais cedo, tinha se mostrado tão jovial como sempre. A imagem do enforcado mesclou-se com a foto a bordo do "Ulisses". De repente, essa imagem o assediava. Buscou a fotografia no bolso e descobriu o porquê. A mesma expressão. Méndez, Bordagaray e Néstor. Todos tinham a mesma expressão no rosto.

— Tenente! Fiquei sabendo agora! — Gladis cruzou a suja sala de espera da policlínica, recebendo olhares aborrecidos dos ocupantes que tentavam tirar um cochilo em plena madrugada. A enfermeira tinha desaparecido sem que Guerrero notasse. Gladis deixou-se cair, pesadamente, em uma cadeira encostada à do oficial da Marinha. Olharam-se por um segundo, um pouco incômodos. A presença da mulher ali confirmava o segredo de sua relação com o cabo, segredo de polichinelo, mas segredo ainda assim.

— Não posso acreditar... o senhor acredita? — perguntou a mulher, finalmente.

Guerrero negou com a cabeça, concentrado no jovem médico que saía da enfermaria e se aproximava a passos lentos.

— Ele me disse hoje que ia pescar, que esperava fisgar um peixe grande — completou Gladis.

— Pescar? — inqueriu Guerrero, mas a mulher não pôde responder, porque chegava o doutor:

— Tenente Guerrero? Pode vê-lo agora, se quiser.

Guerrero andou pelo corredor tendo a Gladis pisando em seus calcanhares. Pescar?! O que isso queria dizer? Méndez não poderia ter mentido tão descaradamente e ter passado toda a tarde pescando em vez de procurar por Néstor. E, se quisesse pescar, não precisaria mentir. Guerrero dava liberdade total aos seus subordinados. Nunca pediu explicações, nunca exigiu que reportassem seus movimentos, contanto que o trabalho fosse feito.

Abstraído em seus pensamentos, não percebeu que Gladis tomara a dianteira e entrava primeiro no quarto. Guerrero vacilou por um segundo, cogitando brindar-lhes um instante a sós. O grito quase imediato da mulher o pegou desprevenido e seus joelhos tremeram no sobressalto. Com as têmporas latejando, adentrou ao quarto num pulo só.

Gladis estava ajoelhada ao pé da cama, mas o tenente só conseguia se concentrar no sangue. Sangue que cobria a cama branca, sangue no chão, sangue que corria em abundância pela boca entreaberta de Méndez. Com um gesto indiferente, o cabo cuspiu o pedaço de língua que ainda tinha na boca e o fitou sem expressão alguma.

A lancha da Marinha tinha seu próprio atracadouro na única parte edificada do porto. Guerrero margeava a praia, esquivando os botes dos pescadores que descansavam sobre a areia, a vários metros das ondas. Chovia outra vez. Ele tinha acabado de se desvencilhar de Agustín Sosa, o pescador que denunciara o roubo de sua barca, a "Santa Rita II". Sosa, um homem de olhar triste e cujos pômulos se confundiam com as bochechas pendentes, dando-lhe um aspecto meio canino, repetia, palavra por palavra, o que havia informado a Méndez. Guerrero não demorou a compreender por que o cabo estava tão entusiasmado quando o telefonou. A barca de Sosa tinha desaparecido no mesmo dia da morte de Pedro Bordagaray. Desaparecido no mesmo dia que Néstor.

No armazém, abriu o cadeado do armário metálico em que guardavam o livro de registro de uso da lancha, e constatou que o cabo a tinha usado no dia anterior. Registrara a saída, mas não o retorno da lancha, mas era evidente que voltara, pois ela flutuava ali mesmo, em frente aos seus olhos. Méndez a tinha abastecido. Guerrero conferiu os indícios. Pela quantidade de combustível gasta, não deve ter feito mais do que cinco quilômetros para ir e outro tanto para voltar. Revisou as cartas náuticas e acabou por concluir — estava certo disto — o mesmo que seu subordinado. Na baía Ostuni. Ali devia estar Néstor. Escondido a bordo da “Santa Rita II”.

Olhou o telefone que se comunicava apenas com a base naval, escondido dentro do mesmo armário. A ideia de revelar para Ibarburu as suas indagações e, quem sabe, ordenar que ele o acompanhasse, passou pela cabeça de Guerrero. Nunca soube por que não o fez. Não podia explicar, mas estava convencido de que um mar de horrores o esperava. Em sua cabeça, o presságio se transformava em convicção, algo líquido e certo, sem saber exatamente a que tipo de razões respondia. Fosse o que fosse o que iria encontrar, não pretendia arrastar o jovem marinheiro com ele.

Não esperou mais. Saltou desajeitado à lancha, que se balançou sob seus pés. A garoa o congelava a cara e fazia chorarem os olhos. Ajeitou a jaqueta enquanto ligava o motor. Com um ronco, abandonou o atracadouro, fazendo alçar voo algumas gaivotas solitárias, a título de despedida.

A “Santa Rita II” já tinha vivido dias melhores. Era um barco de uns oito metros de comprimento, com um pequeníssimo castelo de popa. No convés, viam-se vários equipamentos de pesca pendurados e, ainda a bordo de sua própria lancha, Guerrero pôde apreciar como Néstor organizara baldes e latas para aproveitar a água da chuva. O esconderijo do fugitivo se balançava suavemente na calma baía Ostuni. Guerrero se distanciara várias centenas de metros da costa até achar a embarcação, e agora a vigiava com o motor apagado, aproximando-se, matreiramente, pelo empuxo. Procurou, na lancha, a 9mm que sempre estava ali. Não a encontrou. Sem dar lugar às dúvidas, pegou uma pistola de sinalização como a melhor substituta e, quando chegou perto o suficiente, subiu a bordo da "Santa Rita II". Sem fazer o menor ruído, amarrou uma embarcação à outra. De dentro do castelinho, ouvia-se o bater das panelas e o chiado inconfundível de uma chaleira.

Néstor não demonstrou surpresa ao vê-lo entrar no habitáculo, fazendo mira com a pistola de sinalização. Seguiu limpando a cuia, jogando fora a erva-mate por uma escotilha; a garrafa térmica descansava perto da chaleira, que aquecia a água de seguir mateando. Guerrero descobriu, não sem certa surpresa, a 9mm abandonada sobre um móvel. Rapidamente, trocou de mão, apontou com a pistola e guardou o sinalizador na cintura. Méndez esteve ali, concluiu o tenente já sem nenhuma dúvida.

— Eu já sabia... — murmurou Néstor, sem encarar o oficial.

— Mãos na cabeça! — Ordenou o tenente, sem deixar de apontar a arma.

— Faça um favor a si mesmo. — Néstor não olhava para ele. — Dispare.

— Não me dê motivos pra isso e tudo correrá bem.

— Dispare.

— Não se faça de louco.

Néstor largou a cuia e, enfim, voltou-se para Guerrero, que estremeceu da cabeça aos pés. O olhar da foto, o olhar de Méndez, mas multiplicado por mil. Esses olhos eram praticamente inumanos, absolutamente desprovidos de vida. Como se lhe tivessem grudado as retinas de mármore de uma estátua grega. Guerrero ocupou todo o arco da porta, ante a improvável ideia de uma fuga.

— Fale. O que está acontecendo? O que fez com Méndez?

Néstor o encarou e, por um momento, o tenente acreditou ter visto um mínimo de expressão nesses olhos de chumbo. Lentamente, negou com a cabeça. Guerrero engatilhou a arma e lhe apontou a cabeça.

— Se não fala, não me serve de nada. Ninguém sabe que estou aqui ... e não vim te prender. Entendeu?

Era evidente que tinha entendido, pois desandou a falar.

— O capitão foi o primeiro que os viu. Pareciam ter saído da Bíblia. Uma jangada feita com troncos, troncos de árvore, como se tivessem escapado de uma ilha, boiando no meio do mar. Era algo incrível. Parecia um desses filmes de náufragos. Vinha toda uma família na mesma jangada; nada menos que nove pessoas. E todos vestidos como esses religiosos que não usam nem eletricidade nem coisas tecnológicas. De preto e branco, um branco impecável, apesar de estarem não sei quanto tempo ali, flutuando, e barbas longas e pretas. As mulheres pareciam quase serventes. Nunca levantavam o rosto para olhar alguém.

Guerrero se sentiu um pouco esvaído. Teve a impressão de que a "Santa Rita II" se balançava mais agora. O mar, lá fora, devia ter se agitado. Apoiou-se no marco da porta e manteve engatilhada a 9mm, apontando-a para Néstor. Não podia distrair-se.

— O "Lontananza" era um barco bastante amplo, por isso eu quase não cruzei com eles no princípio. Mas, a poucos dias de estarem a bordo, comecei a perceber que alguma coisa estranha estava acontecendo. O mais velho deles esteve falando com alguns dos nossos homens. Estes começaram a segui-lo como ovelhas. Quase em seguida, o capitão descobriu que faltavam dois dos nossos. Lançaram-se ao mar durante a noite.

A tontura aumentava. Guerrero teve dificuldade de seguir atento à fala de Néstor. Náuseas, de repente sentia náuseas.

— O capitão logo compreendeu. Todos os que falavam com os náufragos mudavam. Começavam a murmurar em tom de morte, pareciam marionetes sem vida, sem expressão. Quando desapareceu o quinto marujo, o capitão os enfrentou.

Guerrero sentiu que seus joelhos tremiam. Compreendeu que algo terrível estava acontecendo, mas não conseguia deixar de escutar.

— Disseram que eram o fim do mundo. O apocalipse. Que eles eram a palavra de Deus. Seus pregadores neste mundo de pecado. A era do livre-arbítrio estava acabada, Deus havia falhado e não podia continuar aceitando que nós, mortais, não O elegêssemos. Todos agora deveríamos obedecer a Suas palavras. E, à medida em que falavam, nos dávamos conta. Não conseguíamos mais pensar com clareza. O nosso cérebro já não respondia. Começávamos a deixar de ser nós mesmos para sermos pregadores iguais a eles.

Com muita dificuldade, Guerrero engoliu a saliva, que desceu arranhando a garganta. Seu corpo parecia mais pesado, como se arrastado por uma corrente que ordenava que deixasse de pensar... que deixasse de pensar.

— Qual... qual era a mensagem? O que diziam? — perguntou com um fiapo de voz.

Néstor olhou-o, totalmente inexpressivo.

— Não percebe? Não há mensagem. Não há discurso. É só ouvir um pregador por algum tempo para transformar-se em um também. O senhor já está tão perdido quanto eu.

Um sinal de alarme, o último no seu cérebro, ordenou a Guerrero que saísse dali. Que corresse. As pernas não responderam. Já não era ele mesmo. Já não podia fazer nada.

— Teve algo que os pregadores não nos disseram — continuava Néstor —, mas que fomos intuindo. Ainda tínhamos, nesse primeiro momento, uma réstia de vontade própria, de capacidade de decisão. Foi por isso que alguns dos meus colegas jogaram-se ao mar em vez de serem portadores desta terrível palavra de Deus. O capitão foi mais longe e fez explodir a caldeira do "Lontananza".

Guerrero só podia permanecer imóvel, escutando.

— Mas eu só desejava viver. Não posso morrer. É a única coisa que sei. E nadei, me agarrei a tudo o que encontrei até que me descobriram no mar. Dos pregadores, dos meus colegas, não soube mais nada. Talvez o capitão tenha conseguido eliminá-los para sempre. Se assim for, sou agora o único porta-voz dos desígnios de Deus. Por ora, pelo menos. O senhor é outro. Seu oficial, outro mais. Todos os outros a quem transmiti a palavra preferiram morrer antes de serem pregadores do fim do mundo. Mas é só questão de tempo. A palavra vai de boca em boca. Agora, volte e pregue. Não há outra opção. Eu tentei afastar-me de tudo, mas...

A chaleira emitiu um guincho agudo, e soou um estampido. Um sulco de sangue apareceu na testa de Néstor, que caiu morto imediatamente, derrubando consigo a água do mate.

Só então Guerrero descobriu que tinha continuado a apontar a 9mm esse tempo todo e sequer pôde entender como apertou o gatilho. Néstor estava imóvel no chão, o olhar tão carente de luz quanto antes, quando estava vivo.

A arma caiu das mãos do tenente. Ele olhava ao redor, mas as ideias não se desenvolviam no seu cérebro. Depois de muito esforço, conseguiu concentrar-se brevemente. Considerou se valia a pena viver longe de tudo e de todos, para não levar a ninguém a palavra da destruição. Soube que não conseguiria. Mais cedo ou mais tarde, a própria palavra o obrigaria a transmiti-la, o obrigaria a regressar.

Com cuidado — as pernas não respondiam como deveriam —, voltou para a lancha. Ligou o motor fora de borda e deixou para trás a "Santa Rita II" até que esta fosse apenas um ponto no horizonte. Em seguida, tampouco se podia ver a costa. Quando estava certo de estar longe de tudo e de todos, desligou o motor e deixou a lancha flutuar — sem rumo — à deriva.

Lentamente, com toda a calma, começou a amarrar a âncora aos tornozelos. No último momento, pensou ter ouvido uma voz que o urgia a voltar à barca e regressar à costa, alguém que dizia ser seu criador. Mas ele não deu ouvidos.

Lançou-se ao mar.

Montevidéu, março de 2009.

AQUI HÁ MONSTROS

CESAR ALCÁZAR

Não se pode contar com a sorte. E nem se ter a ilusão de que tudo vai ficar bem. No meu primeiro dia de férias, acordei às onze da manhã com os ombros gelados, a garganta seca e mais uma cicatriz para chamar de minha. Puxei o cobertor até o pescoço e fiquei de lado, o que não foi uma boa ideia. Minha cabeça latejava, um pouco por causa da bebida e outro tanto pelo supercílio cortado. Desisti de me esquentar e peguei o resto do Green Valley que vigiava meu sono em cima do criado-mudo. A maioria das pessoas não bebe antes do meio-dia, mas quando a questão é medicinal, meu relógio marca sempre meia-noite.

Acabei a garrafa com três ou quatro goles e alguém tocou a campainha. Fiquei quieto, talvez a pessoa fosse embora. Como não tocaram o interfone, pensei que pudesse ser algum vizinho chato ou o síndico. Não demorou e esqueceram o dedo na campainha, fazendo um barulho de cortar o cérebro. Corri até a porta e abri.

— Mas que porra é essa?

— Tarciso? — ela disse. — Sou eu, a Nati.

Demorei para reconhecer minha prima Nathália por trás daquele rosto preocupado. Há um bom tempo eu não tinha contato com o lado bem-sucedido da família. Ou qualquer outro lado.

— Desculpa aparecer assim. A porta da frente tava aberta, então... posso entrar?

Olhei a bagunça generalizada do meu JK por um segundo, mas fiz que sim com a cabeça. Ela entrou. Vestia uma capa de chuva cinza e tinha uma echarpe em volta do pescoço. Sentou meio encolhida no sofá, parecia ter nojo do ambiente. Percebi que a expressão dela se alterou ao ver o *whisky* ao lado da cama.

— Há quanto tempo, hein? — eu disse meio sem jeito.

— Três anos.

— Bah, tudo isso?

— O tempo passa, Tarciso.

E como passa. Três anos desde que minha mãe se foi. A última vez que vi o resto dos parentes foi no velório. Tenho uma veia antissocial e, quando minha mãe faleceu, aproveitei para sumir. Pensava que a essa altura já deviam ter me esquecido.

— Mas então, o que conta?

— Olha, eu vou ser bem direta, sei que tu nunca gostou muito da gente.

— Nati, não é bem assim — menti.

— Ai, eu fui meio grossa, desculpa.

— Tranquilo.

— E esse... — ela apontou para o meu rosto e depois fez um sinal tocando o próprio supercílio.

— Ah... — toquei o corte de leve lembrando da briga com o garçom babaca na madrugada — não foi nada, bati a cabeça ontem. Mas pode falar, o que te traz aqui?

— O problema é o meu pai.

— Aconteceu alguma coisa com o tio Paulo?

Os olhos dela ficaram marejados. Por um momento pensei que fosse chorar. Nathália respirou fundo, esfregou a manga nos olhos e se recompôs.

— Ninguém falava nesse assunto abertamente, mas tu deve saber. Sei que o pessoal comentava pelas costas. Meu pai teve uns anos meio perdidos antes de casar com a mãe.

Sim, eu sabia. Balancei a cabeça para confirmar. O tio Paulo entrou para o exército em 1963 e fez uma carreira excelente por quase seis anos. O pai da namorada dele, minha futura tia Ângela, ajudou bastante. O velho hoje é coronel da reserva. Então, alguma coisa aconteceu. Meu tio começou a beber muito, desconfiavam que também estivesse usando drogas. Um dia, desapareceu. Depois ficamos sabendo que ele viajou o mundo. Dizem que até no Woodstock ele esteve. Voltou à Porto Alegre em 1971 e tentou reatar o namoro. Claro que o Coronel não permitiu, mas, depois de uma tentativa de suicídio da tia Ângela, eles acabaram casando. A partir daí o tio Paulo foi um senhor de respeito, pai exemplar de uma família exemplar e endinheirada.

— Acontece que o pai não aparece em casa há três dias — ela continuou. — Ele encontrou um amigo, um amigo desse tempo que falei, e voltou a beber. Faz uns dois meses. Começou a sair todo dia, voltando cada vez mais tarde. Ele disse que ia pra uma casa lá na zona sul, que fez uns amigos diferentes. E agora ele não volta mais.

— Mas vocês sabem onde ele anda então?

— Acho que sim, ele deve estar nessa casa. É pros lados da Juca Batista. Só não tenho o endereço certo. Um dia eu peguei o carro e fui procurar. Dizem que fumam até *crack* por lá. Mas não tive coragem de continuar. A gente não sabe o que fazer.

— E a polícia? Não falaram com eles? Teu vô deve ter uns contatos. O Coronel mexe uns pauzinhos e resolve isso fácil.

— A mãe não quer que o vô saiba de jeito nenhum, e acha que se meter a polícia no meio ele vai ficar sabendo. Por isso eu vim aqui.

— Como assim?

— A gente precisa da tua ajuda. Tu já foi da polícia.

— Não sou mais.

— Mas tu conhece essa gente, sabe lidar com eles. Por favor.

— Eu não tenho autoridade nenhuma. Sou uma porra dum segurança hoje em dia.

Um barulhinho eletrônico soou meio abafado. Nathália abriu a bolsa e tirou uma espécie de estojo. Ela abriu o estojo, puxou uma antena e começou a falar:

— Oi, mãe... sim, tô aqui no Tarciso. Não... calma. Acho que sim. Ele vai ajudar, eu sei que vai.

Enquanto conversava com tia Ângela naquela geringonça, Nathália começou a chorar. Nunca tive muita simpatia pelos três. Sempre foram colocados num pedestal pelo resto da família, não consigo entender por que até hoje. Minha mãe tinha medo da chuva, da ventania e das correntes de ar, mas, acima de tudo, tinha medo de se desentender com meu tio.

Hoje, não sei se por afeto ou medo, ela ia querer que eu ajudasse.

Nathália desligou o aparelho, um desses telefones celulares que estão aparecendo. Sem dúvida que uma das primeiras pessoas a comprar uma coisa dessas seria ela. Com lágrimas escorrendo pelo rosto avermelhado, disse:

— Por favor, Tarciso. Encontra o meu pai.

Foram vinte e dois meses desempregado até que um excolega dos tempos da Academia de Polícia me convidou para trabalhar em uma empresa de segurança privada. Depois de um ano inteiro fazendo escolta armada de valores e cargas, pagando um colega sóbrio, mas não muito honesto, pela urina que eu usava nos exames toxicológicos mensais, eu só queria encher a cara sem preocupação. Não deu certo. Por minha mãe, eu disse sim.

Conversamos mais um pouco, eu precisava do máximo possível de informações. Nathália foi embora e fiquei me sentindo meio estranho. Saí da polícia por um motivo. Não queria brincar de mocinho e bandido, mas aceitei a missão. Antes disso, precisava relaxar um pouco, colocar a cabeça em ordem e tentar espantar a sensação ruim.

Desci até o mercadinho no térreo do meu edifício e pedi outro Green Valley. Vinícius de Morais disse uma vez que o *whisky* é o melhor amigo do homem. Um "cão engarrafado". E quem sou eu para discutir com os poetas?

*

"Não vá embora."

"Eu nem me mexi."

"Me diga alguma coisa boa."

"Claro. O que você quer ouvir?"
"Minta pra mim."

Acordei pouco antes das seis com a cabeça pulsando. *Johnny Guitar* estava na TV. Em algum momento da tarde, meio inconsciente, devo ter colocado no videocassete a fita que peguei na locadora há uns dois anos e nunca devolvi. Levantei do sofá e fui até o banheiro para me lavar e tomar umas aspirinas.

Estava escuro quando saí levando comigo um mapa arrancado do guia telefônico. Dirigi em silêncio rumo à zona sul, nem liguei o rádio, o barulho do trânsito já era o suficiente para minha cabeça. Nathália tinha só uma vaga ideia de onde a tal casa dos vagabundos ficava. Era perto da Avenida Juca Batista sim, mas quase no bairro Belém Novo.

O amigo ressurgido do tio Paulo se chamava João Carlos, apelido Joca. Parece que, ao contrário do meu tio, ele nunca deixou de ser o maluco beleza dos anos 70. E acabou na pior, no meio de gente pouco recomendável. É muito fácil se perder nessa vida. Eu que o diga. Estacionei meu Chevette num posto de gasolina e fui rondar a região a pé. O vento frio da zona sul fez com que me arrependesse de ter colocado só uma jaqueta de brim em cima da camiseta de mangas curtas.

Para minha surpresa, foi muito fácil encontrar a casa, ela tinha péssima reputação. Nos dois botecos em que perguntei sobre um lugar onde juntava gente estranha, as pessoas logo contavam histórias sobre roubos, uso de drogas, agressões e música alta. Um senhor até perguntou se eu era da polícia. Embora tenha recebido algumas direções conflitantes, cheguei ao local em menos de uma hora.

Era uma casa enorme, velha, caindo aos pedaços, mas

que devia ter sido de gente com dinheiro um dia. As outras casas da vizinhança eram boas, na maior parte, e distantes. Imagino a altura do som que devia rolar ali para ser capaz de irritar os vizinhos.

Um muro baixo envolvia a casa, e uma corrente com cadeado trancava o portão de entrada. Não sei quem eles pretendiam afastar dessa forma, com aquela altura, pulei o portão sem dificuldade.

Atravessei o matagal que algum dia devia ter sido um jardim. A luz que vi pela fresta na porta da frente mostrava que ela estava só encostada. Procurando não fazer barulho, empurrei a porta.

Dentro da sala de estar, iluminada por uma fogueira e velas, três caras fumavam estirados em almofadas e cobertores encardidos. O cheiro fez minhas narinas arderem. Era uma mistura de merda e pneu queimado. Uma fumaceira sufocante. Passei por eles, que nem tomaram conhecimento da minha existência, e segui para a peça seguinte.

Na antiga sala de jantar, uma jovem de cabelo loiro encaracolado, agachada na frente de outra fogueira, tragava um cachimbo comprido, do tipo que os índios usam nos filmes de faroeste. Ela me viu e abriu um sorriso.

— E aí, cara — a jovem disse.

— Opa, tudo bem?

Ela ofereceu o cachimbo.

— Vai aí? É haxixe.

Peguei o cachimbo e dei uma tragada. O negócio era bom. Desde um veraneio em Imbé, no início dos anos 80, eu não fumava haxixe.

— Olha — eu disse, ainda segurando a fumaça nos pulmões —, tô procurando um pessoal mais velho que aparece por aqui. O Joca e um amigo. Sabe quem são?

Passei o cachimbo de volta para ela, que assentiu com a cabeça.

— O Joca é o dono aqui da baia. Tá lá no fundo. Ele e o outro coroa.

Agradeci e peguei o corredor que ela indicou. Vi uma luzinha fraca saindo de um quarto ao fim dele e avancei. O assoalho de madeira rangia a cada passo. Tive medo que pudesse ceder com meu peso.

Entrei no quarto dos fundos. Tinha menos fumaça que o resto da casa. Vi dois homens sentados em volta de uma mesa redonda, abarrotada de garrafas, jogando cartas. Uma lâmpada nua e amarelada iluminava o carteado. Reconheci o tio Paulo, embora não parecesse mais o homem de antigamente. Devia estar com a mesma roupa desde o dia que saiu de casa. Barba de três dias. Óculos embaçados como janela no inverno. E a careca, sempre tão lustrosa, estava ressecada e esbranquiçada. O outro homem era barbudo, usava uma camisa aberta até o umbigo. Fiquei na frente deles e disse:

— Tio?

Ele me encarou forçando os olhos. Então, levantou os óculos para ver melhor.

— Tarciso?

— Eu mesmo, tio. Tarciso Salvador.

— Mas Tarciso, meu filho, o que tu faz aqui?

— Vim buscar o senhor.

— Mas por quê? Eu não quero ir embora.

— Tio, o pessoal tá preocupado. Eu sei que o senhor não anda bem, mas tá na hora de voltar pra casa.

Tio Paulo tirou os óculos e os colocou sobre a mesa. Deu um tapinha no ombro do companheiro e os dois se aproximaram. Não ouvi o que cochicharam. O barbudo ergueu o polegar em afirmação e levantou. Atravessou o quarto com passos cambaleantes, deu um sorriso largo quando passou por mim e saiu.

— E esse é o tal do Joca — eu disse.

— É ele sim, o velho Joca de guerra. Meu amigo.

Puxei uma cadeira e sentei ao lado do tio. Logo atrás da gente, um buraco enorme no assoalho quase nos abocanhava. Talvez os coroas bêbados nem percebessem o perigo. Peguei o copo que aparentava estar menos sujo e me servi de vodca.

— Pois é, tio. A Nathália me falou desse amigo. Disse que o senhor andou esbarrando nele por aí e decidiu reviver os anos 70.

— Eu não encontrei o Joca por acaso. Eu procurei o Joca. Procurei. Como disse o Jânio, "fi-lo porque qui-lo".

— A troco de que o senhor foi atrás desse cara?

— Não posso procurar um amigo?

— Pode, claro. Mas, pelo que entendi, esse amigo é de uma época que o senhor renegou anos atrás. De uma época que queria esquecer.

Ele me olhou com uma expressão séria, dura mesmo. Um rosto até então desconhecido para mim. A voz que ouvi a seguir também não era reconhecível, tamanho amargor:

— E tu acha que sabe o que eu quero esquecer ou deixar de esquecer?

— Não sei, mas quero entender. Quero ajudar.

— A ajuda que preciso, já tenho.

Levantei a garrafa da mesa e a apontei para ele.

— Também gosto dessa ajuda aqui, mas, pra falar a verdade, ela nunca resolveu grande coisa. Só mentiu pra mim.

— Sem a mentira é impossível viver, meu filho. E agora nem a mentira me basta mais. Procurei outra coisa.

— O quê?

— É melhor ir embora, meu filho. Me deixa aqui em paz.

— Tudo bem — menti —, eu vou. Mas eu só quero entender antes. O senhor me conta por que resolveu dar a louca e vou embora.

Tio Paulo ficou calado por um momento, olhando as cartas na mesa, depois suspirou. Enchi o copo dele.

— É tudo culpa daquele velho filho da puta — ele disse pegando o copo.

— Quem?

Ele esvaziou o copo de uma vez só e falou:

— O Coronel, meu sogro. Na época, era capitão. Ele dizia que eu precisava virar homem de verdade, que eu tinha que ver como as coisas funcionavam. Como as coisas eram. Então, um dia, ele me levou pro Quartel da Polícia do Exército. Tinham pego dois "elementos subversivos", como chamavam. Um casal. Dois jovenzinhos. Eles passaram dias numa cela totalmente escura. Quando se entrava lá, não se sabia mais se era dia ou noite. Quando cheguei no quartel, levaram os dois pra outra sala. E a moça, a moça era... mal tinha vinte anos. Eles... eles fizeram... foram horas e horas.

As lágrimas agora escorriam pelo rosto do tio Paulo. Ele secou o nariz e os olhos com a manga da camisa e continuou:

— Eu tentei esquecer. Tentei viver com isso. Primeiro com a bebida, depois com uma vida boa e honesta. Achei que o amor da Ângela e a filha que a gente teve iam apagar tudo, mesmo tendo o velho maldito por perto. Mas uns meses atrás, li essa nota no obituário do Correio. Uma professora da UFRGS morreu. Reconheci o rosto dela na hora, mesmo mais de vinte e cinco anos depois. Era a moça que falei, a menina torturada em 69. Fui atrás dos parentes dela pra saber mais, não dizia a causa da morte no jornal. E aí eu fiquei sabendo... fiquei sabendo... que ela tinha se matado. Foi suicídio. Sabe que não publicam essas coisas? Dizem que é pra não incentivar outros. Ela se enforcou no pátio da casa dos pais.

Ele ficou em silêncio, ajeitou os óculos e serviu mais uma dose de vodca. Eu disse:

— Imagino como seja pro senhor, tio. A culpa é um negócio dos diabos.

Tio Paulo, copo na mão, sorriu sem tirar os olhos da bebida. Como ele não falava nada, resolvi continuar:

— Sabe por que eu saí da polícia? Nunca contei pra ninguém. E como meu nome não apareceu em lugar nenhum, ficou por isso mesmo. A verdade é que eu matei um cara. Foi legítima defesa, mas não vem ao caso. Valdomiro Silva Pereira era o nome dele. Não tem um dia que eu não lembre disso. Esse Valdomiro teve amigos, mulheres, aprontou as dele, é verdade, mas viveu a vida. Até o dia que me encontrou. E aí o Valdomiro não viveu mais. O pior de tudo eram os colegas me tratando como herói. No dia, queriam até comemorar. Eu bebi, mas em casa. Bebi o suficiente pra não sonhar. E tenho feito isso toda noite desde aquele dia.

— Mas era um vagabundo. Um marginal. Tu mesmo não disse que foi legítima defesa?

— Foi. Mas tirei uma vida igual.

— Aquela moça — o tio parecia irritado — não fez nada. Porra nenhuma. Deve ter circulado um jornalzinho comunista na faculdade. Apanhou tanto, tanto. Foi currada que nem uma porca. E eles riam. Ah, como eles riam. Imagina a vida que ela levou depois disso? Eu imagino. Uma vida tão boa que ela precisou se enforcar pra se livrar dela. Foi por isso que eu decidi morrer também, a bebida não me cura mais. Quero morrer aqui como o depravado que eu sou, no meio de gente que não presta.

— Calma, tio. Eu sei que os milicos são um bando de filhos da puta, mas o senhor não tem culpa disso. Foram eles.

Ele me deu um olhar que gelou minha espinha.

— Vai embora, meu filho — ele disse. — Vai embora daqui antes que seja tarde.

— Não posso. Prometi pra Nati e a tia Ângela que levava o senhor de volta. Se o senhor quer beber até morrer, não é problema meu. Mas vai beber em casa.

— Tu não entendeu.

Ouvi um estrondo na sala de estar, passos fortes e um grito:

— Todo mundo no chão!

*

Os tiros começaram de imediato. Vários. Calibres altos. O mais depressa que pude, quebrei a lâmpada do quarto com um soco, agarrei o tio Paulo de qualquer jeito e o arrastei para o buraco no assoalho. Mergulhamos numa escuridão total. Entre o chão e o assoalho, a distância não chegava a um metro. Andei de quatro, puxando o tio pela camisa. Teias de aranha se enroscavam na minha cabeça, e eu sentia cacos de vidro, ou telhas, pela terra úmida do chão. Como avancei às cegas, não tinha muita noção do espaço. Encontrei um obstáculo de madeira e parei. O tio Paulo tentou falar alguma coisa, mas tapei a boca dele com a mão.

Na parte de cima, os tiros pararam. Ouvi um sujeito dizer:

olha só os dois veados, seguido de gargalhadas. Outra voz falou: *esse aqui não tá bem morto.* Mais tiros.

Pelas pisadas de botas e o tom de voz que eu conhecia muito bem, os caras deviam ser da PM. Um esquadrão da morte. Provavelmente, um morador da região se cansou dos vizinhos drogados e encomendou o serviço. E eu, com minha sorte habitual, acabei aparecendo por lá bem no dia da limpeza.

Ouvi passos apressados. Barulho de madeira quebrando. Gemidos abafados. Vozes de homens. Súplicas chorosas: *não, não, não.* Era Joca. Um tiro soou. Agora gritos de mulher. A moça do cachimbo. Mais tiros e risos. Um dos matadores disse: *e aquele cara que a gente viu entrando? Não é nenhum desses.* Outro respondeu: *tem mais casa lá pra trás.*

Seguiram pelo corredor, o ranger do assoalho denunciava a aproximação. Sem saber o que fazer, eu mal conseguia respirar. A luz de uma lanterna entrou pelo buraco. Rastejei até a beirada. Se alguém pulasse ali, eu atacaria. Atrás de mim, tio Paulo disse:

— Chegou a minha hora, meu filho.

Um braço surgiu com uma lanterna, seguido de uma cabeça encapuzada. Dei uma gravata no sujeito e o puxei. Nós dois nos enroscamos na queda lutando pela arma, uma espingarda Boito calibre 12. A disputa durou segundos. Quando percebi que o cano da espingarda estava na direção do queixo do homem, apertei o gatilho. A cabeça dele explodiu. Levei um banho de sangue e miolos.

Puxei a arma para mim e disse:

— Tio, a gente tem que cair fora daqui.

— Tu não entendeu ainda? — ele disse. — Fui eu que chamei essa gente!

Uma chuva de tiros atravessou o assoalho, provocando uma tempestade de terra, lascas de madeira e caliça. Escapei por milagre e respondi fogo, disparando quatro tiros consecutivos contra o assoalho o mais rápido que consegui. Do outro lado, gritos e afobação. Apoiei as costas contra a parede e esperei para ver o que acontecia. Alguém soluçava e nada mais.

Bem devagar, ergui a cabeça para fora do buraco. Sentado contra a parede do corredor, um homem mascarado tremia convulsivamente. O coitado agarrava com as duas mãos a massa ensanguentada entre suas pernas. Saí do buraco e caminhei até a porta do quarto. O cara morreu, ou desmaiou de choque, antes de me ver. Espiei para fora. Outro mascarado estava caído, o rosto mergulhado numa poça de sangue. Mais adiante, avistei o corpo do Joca. Uma das pernas dele estava enfiada no assoalho podre. O azarado tropeçou ali e foi pego.

A moça de cabelos encaracolados não teve sorte diferente, estirada de barriga para cima, peito dilacerado. Na sala de estar, todos mortos. Dois dos rapazes que estavam ali, talvez pelo terror do ataque, se abraçaram antes de morrer. Por isso os desgraçados zombaram, riram alto. Não encontrei mais ninguém vivo ou morto.

Por um momento, fui tomado de raiva. Quis gritar. Como alguém é capaz de encomendar algo assim? Por que o canalha não meteu uma bala na própria cabeça? Meu corpo tremia, tive ânsia de vômito. Corri de volta para o quarto pensando em realizar o desejo do meu tio. O sangue embriaga. Lembrei de um colega dos tempos de Polícia Civil que dizia: *quando tu mata um, pode nunca mais matar ninguém. Mas quando mata o segundo, não para no terceiro.*

No quarto, chamei por ele duas vezes. Não tive resposta.

Entrei de novo no buraco, peguei a lanterna do PM morto e iluminei a escuridão. Encontrei tio Paulo caído de lado na terra, não escapou da chuva de tiros. Na polpa vermelha que um dia foi o rosto dele, eu só podia distinguir os dentes. Estremeci.

Limpei a espingarda na minha camiseta e a deixei em cima do seu dono original. Saí do buraco e procurei um banheiro. Apressado, lavei mãos e o rosto. Quando levantei a cabeça, me assustei com meu reflexo no espelho sobre a pia.

Uma vez, numa das poucas noites que não bebi depois de matar o Valdomiro, sonhei que me olhava num espelho e a pessoa no reflexo não era eu. Então, cravei as unhas nas têmporas e fui arrancando a pele do rosto. O que vi então era pavoroso, mas eu não podia fechar os olhos, afinal, não tinha mais pálpebras. O pior era a sensação de finalmente me reconhecer no monstro refletido ali.

Saí correndo daquela casa de horror.

*

Por sorte, a rua estava vazia quando cheguei em casa. Tirei a roupa e a enfiei no lixo. Tomei um banho que demorou umas duas horas. Deitei na cama. *Depois de comprar o whisky no mercado, não saí mais de casa hoje,* menti para mim mesmo. Criei um álibi, caso precisasse. Falei com o colega que me emprestava a urina e dei uma grana para ele. Se algo chegasse a mim, passei a noite bebendo e jogando canastra com meu amigo.

A Nathália, pelo menos, engoliu a história quando telefonou desesperada no dia seguinte. A garrafa que ela viu no meu apartamento ajudou, com certeza. Ela acreditou tanto que me culpou pela morte do pai. Se eu tivesse feito o prometido ao invés de ficar em casa enchendo a cara, ele estaria vivo.

Os jornais noticiaram um confronto entre PMs e traficantes que resultou em oito mortos: cinco bandidos, três policiais. Provavelmente o Coronel tinha mexido uns pauzinhos quando ficou sabendo que o genro era uma das vítimas. Nenhuma palavra sobre o tio Paulo na notícia. Dois dias mais tarde, apareceu o obituário dele no Correio. Morte natural, dizia. De certa forma, se alguém leva um tiro na cara, é natural que morra. E eles não iriam noticiar suicídio mesmo. Não fui ao enterro.

Os dias passaram, mas não aproveitei as férias como queria. Se antes a morte do Valdomiro me atormentava, agora um necrotério inteiro visitava meus sonhos. Nem a bebida adiantava mais. E ainda havia uma inquietação, uma sensação de que havia algo errado. Às vezes, penso nas pessoas que me deram informações sobre como encontrar a casa do Joca. Fico me perguntando se alguma delas comentou com a polícia que no dia da matança um cara apareceu por lá xeretando. Eu me pergunto também se o esquadrão da morte que invadiu a casa era composto só por três homens mesmo. E se algum deles conseguiu escapar?

Comecei a desconfiar de qualquer pessoa na rua. Um olhar ao acaso me fazia acelerar o passo. Dois caras conversando na frente do meu edifício e eu dava a volta na quadra. Uma noite, chegando em casa do trabalho, um sujeito atravessou a rua e veio na minha direção com a mão dentro do casaco. Não esperei para ver se era um assalto comum ou um assassinato encomendado. Corri sem olhar para trás como um louco. Não faço ideia do quanto corri.

Quando parei, estava dentro de um beco. Ainda ofegante, andei de um lado para outro procurando uma saída. Foi então que percebi a figura pintada numa parede de tijolos escurecidos pela fuligem das ruas. Cansado, sentei em cima de um latão de lixo, acendi um cigarro e fiquei olhando aquela pintura. Ela parecia mostrar a anatomia interna de um homem, mas de um jeito estranho. Cada parte tinha uma legenda correspondente, ligada ao desenho por uma seta. No lugar do coração, uma fornalha daquelas antigas. O aparelho digestivo lembrava um sistema de esgoto. Canos e mangueiras substituíam veias e ossos. Dentro do crânio, no lugar do cérebro, uma massa escura, revolta e nebulosa. A legenda que apontava para ela dizia: "Aqui há monstros".

— Não brinca, meu amigo — falei com a parede. — Não brinca.

OS AUTORES DESSA ONDA DE CRIMES

NICOLÁS FERRARO (Buenos Aires, 1986) descobriu a literatura *noir* graças ao jogo Max Payne e, desde esse momento, ela passou a formar parte de seu pódio junto com os hambúrgueres e a NBA. Enquanto se formava como Designer Gráfico na UBA, ganhava a vida jogando pôquer. Atualmente, trabalha na Biblioteca Nacional Mariano Moreno, no Centro de Narrativa Policial H. Bustos Domecq. "Dogo" (2016, Del Nuevo Extremo, Argentina), seu primeiro romance, foi finalista do concurso Extremo Negro. Em 2018, "Cruz" (2017, Editorial Revólver, Argentina; 2019, Nitro/Press, México) foi finalista do prêmio Dashiell Hammett de Melhor Romance Policial oferecido pela Semana Negra de Gijón.

CLÁUDIA LEMES se define, essencialmente, como uma escritora de *thrillers*. Com 11 livros publicados – 8 independentes e 3 por editoras tradicionais – ela também fundou e preside a ABERST: Associação Brasileira de Escritores de Romance Policial, Suspense e Terror. É tradutora, editora do selo Morgue do grupo Lendari, dá cursos e mentoria para jovens escritores e defende a literatura independente como forma de resistência.

KIKE FERRARI nasceu em julho de 1972, em Buenos Aires, onde vive com sua companheira, Sol, e seus três filhos. É torcedor do River, bebedor de cerveja, roqueiro e amigo de seus amigos. Trabalha no metrô. Fez parte do fanzine literário *Juguetes Rabiosos* e da revista *La Granada*. Colabora com diversas revistas e sites culturais, escrevendo regularmente para *El Anden*, o jornal do sindicato dos metroviários. Seu trabalho foi publicado na Argentina, México, Espanha, França, Grécia, Estados Unidos, Inglaterra e Itália, e foi premiado pelo *Fondo Nacional de las Artes* (Argentina), pela *Semana Negra de Gijón* (Espanha) e pela Casa de las Americas (Cuba). Este é seu primeiro conto traduzido ao português.

PAULA BAJER é autora de "Viagem sentimental ao Japão" (Apicuri, 2013), "Nove tiros em Chef Lidu" (Circuito, 2014, e-book, e-galáxia, 2015), "Feliz aniversário, Sílvia" (Patuá, 2017), "Um enterro para Suzana" (contos, Patuá, 2019) e de "Asfalto" (e-book, e-galaxia, 2014). Integra o Coletivo Literário Martelinho de Ouro. Tem os blogs lolitaimaginario.com. e cheflidu.com.

RODOLFO SANTULLO (Mexico D.F., 1979) é jornalista, escritor, roteirista e editor de quadrinhos à frente do Grupo Belerofonte. Como escritor, publicou "Perro come perro" (contos, Artefato 2006, Llanto de mudo 2012), "Cementerio Norte" (romance, Trilce 2009), "Sobres Papel Manila" (romance, Estuario 2010), "El último adiós" (romance, Banda Oriental 2013, Llanto de Mudo 2014), "Matufia" (romance, Estuario 2014, Lapsus Calami 2015) e "Luces de Neón" (romance, Estuario 2018). Teve contos publicados em antologias do Uruguai, Argentina, Equador, Eslovênia, México e Alemanha. É autor de várias *graphic novels* publicadas no Uruguai, Argentina, França, Reino Unido, Itália e Estados Unidos.

CESAR ALCÁZAR é o autor dos livros "Bazar Pulp – Histórias de Fantasia, Aventura e Horror" e "A Fúria do Cão Negro", além de ter roteirizado as HQs "A Música do Quarto ao Lado", "O Coração do Cão Negro" e "A Canção do Cão Negro". Teve contos publicados em inglês pelas revistas *Heroic Fantasy Quarterly* e *Swords and Sorcery Magazine*. Idealizador do Porto Alegre Noir. Também atua como editor e tradutor.

SAFRA
VERMELHA

AVEC
EDITORA